奥州狼（おおかみ）狩（がり）奉行始末

東圭一

Keiichi Azuma

角川春樹事務所

目次

装画　朝江丸
装幀　五十嵐 徹（芦澤泰偉事務所）

奥州狼狩奉行始末

序章
帰路

郡方、郷目付の岩泉源之進は、郡廻りの御役を終えた村方からの帰路、山道を歩いていてふと思った。この懐に肌身離さず持ち歩いている大事な書付、もし自分が襲われれば書付ごと消えてしまう。そんなことは今まで考えもしなかったが、妙に気持ちの悪い不安が胸をよぎった。いつもは同行している同僚の松岡が、今日はいない。一刻（二時間）ほど遅れて村を発つことになったからだ。不安はそのせいかもしれない。

日当たりの悪い陰気な道に差し掛かった。右手は崖になっていて、谷底には細い流れがあり、源之進はその流れをちらとみた。その時、谷の反対側の斜面に動くものの気配を感じ、源之進はぎくりとして立ち止まった。

──鹿か、いや違うな。

木陰から姿を現したその獣の姿に源之進は目を見張った。

──狼だな。それにしても大きい。

その若い狼は、並の狼より一回り大きく、体に特徴的な黒絞りの文様があった。その身のこなしや、毛並みの良さからはぐれ狼ではないと思えた。この大きさなら群の頭目になるに違いない。

狼と目が合った。源之進は、その姿に不思議な威厳を感じ、身構えたが、谷のこちら側まで来そうにはなかった。狼は、よほどのことが無ければ人を襲うことはないと源之進は心得ていた。

そのまま見合ううち、何か人と相対しているような不思議な気になった。

「俺に何か言いたいのか」

源之進は、つい最近村の子供が一人行方知れずになったこと、さらにそれが、狼にさらわれたのではないかとの噂を思い出した。

「お前たちのせいではないと言いたいのか」

源之進はさらに狼の目を見た。

その狼は、里犬のように小さく鳴いた。

「分かった。信じよう」

源之進がそう言うと、狼は急な斜面をいともたやすく駆け上がり、姿を消した。

源之進は、狼と別れ、先を急いだ。しばらく進むと、今度は進む道の木陰から、何者かの気配がし、源之進は腰の物に手を当てて身構えた。

「何者だ」

現れたのは狼ではなかった。

第一章 狼狩奉行

一

伯母の香奈枝が、岩泉の家を訪れたのは、遅い春が始まったころであった。奥州の北に位置するこの小藩ではこの時期、様々な花が一度に咲き出す。

岩泉亮介は道場から戻り、井戸の水で濡らした手拭で身体を拭き終えた時、椹の生垣の外に人の気配を感じ、門口に現れた伯母に辞儀をした。

「伯母上、ご無沙汰しております」

太い柱を使った頑丈なだけが取り柄の古い武家屋敷、玄関土間に入った香奈枝は、かまちに腰を下ろし、上背のある亮介を見上げた。

「皆、変わりはないかの。寛一郎の具合はどう？」

岩泉の家は病床に伏している当主の寛一郎と嫁の幸江、四歳の嫡男、そして寛一郎の弟で部屋住みの亮介の四人が住んでいた。

伯母の香奈枝は、父母の仏壇に手を合わせた後、幸江が出した番茶をすすり、まだ雪の残る庭を眺めた。

「今日来たのは他でもない。寛一郎の御役のことでね」

寛一郎は、三年前に非業の死を遂げた父、源之進の家督を二十五で継いで、郡奉行配下の郷目付役で普段は城の郡役所に勤め、任じられている村への郡廻りの役もあった。

藩士の役職は大きく二つに分かれていて、武官である番方、文官である役方がある。郡奉行は役方ではあるが、岩泉家は代々武芸に秀でており、寛一郎、亮介の兄弟もこれに漏れず武芸自慢であった。しかし寛一郎は、半年ほど前から胃の腑に痛みがあり、身体もむくんだようになる病で寝たり起きたりの生活となり、登城もままならなくなっていた。もちろん、郡廻りはできない。医者の診たてで煎じた薬を飲んでも一向に良くならず、塞ぎがちな様子で、伯母を見て手をついた。

「なかなか登城できぬこと、某の不徳のいたすところにて、山口様には申し訳なく思っております。御役所では、様々な苦言など聞かされておられることと察しまする」

香奈枝は父源之進の姉で、同職の郡方の山口という家に嫁いでいるが、源之進とは二人だけの姉弟、常に岩泉の家のことを、源之進が他界してからは、ことに気にしている様子である。白くなりかけた髪に手をやり太く息をついた。

「私に謝ることはございません。それよりもその病、治らぬようであれば、お前も考え時ですよ。幸いこの家には次男の亮介がいる。亮介に家督を譲り、お前は隠居するという手立てもあるでしょう」

と、言いにくいことを言った。

寛一郎は、顔を上げてうつろな目を向けた。

「それも考えねばなりませぬ」

「すぐに決めよというわけではございません。郡方の上役もまだそこまでは言っておられないようですし。ですがよくよく考えないとね。これはお前が決めねばならぬことですよ。私や亮介には決められぬことです」

「ははっ」

寛一郎は恐縮し、さらに頭を下げた。

伯母はそれからしばらく幸江と世間話をし、帰っていった。


兄弟の母は亮介が元服（げんぷく）の後、病で先立ったため男三人の所帯となった。家のことは下僕（げぼく）と端女（はしため）の夫婦者の奉公人がいるのでそう不便はないが、母の抜けた家の中は灯が消えたような侘（わび）しい暮らしが続いた。そのうち兄の寛一郎は、見習いとして郡役所に出仕し始めた。この頃、幸江が兄の嫁となり岩泉家に入った。幸江は父の刎頸（ふんけい）の友、戸村与兵衛（とむらよへえ）の娘であり、この縁談は早くから決まっていた。

――若い女子というものはこれほどに家族の色合いを変えてくれるものなのか……。

亮介はしばしば感心して幸江を見た。

幸江は、元来朗らかで、小さな事柄にもおかしみを見つけて周りを和ます力があった。きれい好きで家のことも何かと気が利く幸江が来たことで、家の中は驚くほど華やかになり、兄弟はよく喋るようになり、父もよく笑った。さらに嫡男となる子ができてますます賑やかになった。

そういう新しい暮らしが続いて数年、思いもよらぬ変事が起きた。

その日は父が、郡廻りを終えて村方から帰宅する夏の日であった。しかし日が暮れても戻らないため、予定が変わったかと家の者らは先に休もうとしたところ、夜更けに目付の役周りの者が訪ねてきた。

「岩泉源之進様が、落命されました」

目付の言葉に兄弟は絶句した。

崖から転落して倒れていた父が発見されたのは、山中、郡廻りの帰路であった。発見したのは、郡方下役、父の同僚の松岡武吉という男で、父より一刻ほど遅れて村を発った。父は岩で頭を打ち、耳から血が流れだしていた。しかしその時にはかろうじて息があったという。

　そしてここにもう一人事故の目撃者がいた。馬廻り組の石橋弥五郎という者で、この男の証言によれば、父は山中で大きな狼に襲われそうになり、逃げようとして崖から転落したというのだ。石橋は崖から下に降りず、すぐに近隣の集落に助けを求めに行ったという。その間に、松岡が父のもとに駆け付けたのだ。


　しかし寛一郎と亮介には釈然としないものが今も残っている。

　寛一郎はことあるごとに亮介につぶやいた。

「父上のこと、やはり納得がいかん。あの時、父上にいったい何があったのだ」

　亮介も同じ気持ちである。

「あれほど用心深い父が、たとえ狼が現れたとしてもそう簡単に崖から転落するとは思えない。石橋殿は本当に父が転落するところを見たのだろうか」

　石橋は、父と同じ道場の古参、父の数年後輩になる。いち早く近隣の村人や松岡とともに父を番所へ運んでくれた男であり、葬儀の時も何かと神妙に手伝いをしてくれていたので兄弟も礼を言わざるを得ない。

釈然としないままに時が過ぎた。

　亮介は兄の病気が父の事件のせいであるとは思えなかったが、幸江を嫁にもらい、父とともに暮らしていたころと比べれば、笑顔が絶え、塞ぎがちで気鬱な風に見えることも多くなった。


　伯母の香奈枝が帰ってから、幸江が悲しげな顔で上目遣いに寛一郎を見た。

「嫌でございますよ。こんなに若い内から隠居などと」

　寛一郎は頷いた。

「分かっておる。そんなことは考えてはおらぬ。あの伯母上は、いつも先に先にと考えが及ぶ人なのだ。何事も悪いほうに考える」

　亮介は自分がこの家の当主になるなど考えも及ばぬことであった。兄夫婦がそのままこの家にいて自分がまた嫁をとるなど、内証のことだけを考えても無理な話である。このような家の次男に嫁の来手を探すのも難しいことだ。自分はそのうち他家に婿入りし、この家の負担を軽くしたいというのが前から思い描いていた願いである。武芸に励んだ理由のひとつもそれがためであった。

「兄上、某はこの家の当主にはなりたくありませぬ。どうか息災になってくだされ」

幸江が亮介を見て言った。

「それに美咲のこともありますからね」

美咲とは幸江の妹のことである。寛一郎と亮介は顔を見合わせた。

「無論だ。隠居などと、この歳で亮介に養ってもらうわけにはいかぬ。なんとしてでも平癒して見せる」

寛一郎は、二人の顔を見てこぶしを握り締めた。

亮介は、兄の目を見て、この病はきっと治ると信じることにした。

二

藩の講武所は城門を入ってすぐのところにあり、家臣の子弟であれば、だれでも武術の稽古をすることができた。亮介も兄とともによく通い、兄が出仕するようになってからは、一人で出向くようになった。大槻道場ではもっぱら剣術であるが、ここでは槍道、弓道等様々な武術を習うことができた。兄の寛一郎は弓矢に熱中していたが、亮介は槍を最も得手とした。上背があり、腕力も強い亮介の槍は迫力があり、習い始めるとめきめきと腕を上げた。剣術とは違う独自の足さばき、気勢というものが自然と身に付き、剣術よりも好きになった。次第に互角に稽古できる相手も減っていき、今は若い者らの指南をすることが多い。

　その日も一汗流し、帰り支度をしていると、講武所の上がり端から沓脱ぎに出ようとしている娘らの中に長身の美咲の姿を見つけた。藩は家臣の娘にも武芸を奨励しているため、この娘らも長刀を習いに来ている。美咲もこちらに気づき小さく辞儀をした。

　父と盟友・戸村与兵衛の間には、かねてからの約束があった。岩泉家は男子が二人、戸村家は娘が二人であったため、戸村は二人の娘の内一人を寛一郎の嫁にやるので、亮介を戸村の婿にくれと申し出たのだ。父も自分の一存で了承した。戸村は長女の幸江を家に残したかったようだが、次女の美咲はあまりに歳が離れておりまだ子供であったため、幸江を嫁に出すことにした。幸江もそれで納得した。男所帯の岩泉家を見かねて、自分から行くと言い出したのだ。それ故約束に従うならば、亮介は戸村の家つきの娘である美咲に婿入りしなければならないことになっている。周りにいた娘らもそのことを知っている様子で、くすくすと笑い合って、美咲を残して先に帰っていった。亮介を見る美咲のまなざしは、はっとするほど大人びたものに感じられ、何か伝えたいようにも見えたので城門を連れ添って出た。

「亮介様、御久しゅうございます」

美咲は亮介の八つ年下で、十七になっていたが、兄の病気のこともあり、縁談は先延ばしになっていた。幸江と兄の婚儀が決まったころはまだ美咲は十歳かそこらで、自分はこんな子供と夫婦になるのかと美咲の細い身体を見たものだ。それが見る間に姉より背が伸びて、最近は細かった身体もややふっくらとしてきた。

「お兄様のご様子は、如何(いかが)ですか」

「まだ出仕はできんが、近ごろはよくしゃべるようになった。大丈夫だと思う」

美咲は不安を隠せなかった。

「父上は、もし亮介様が岩泉の当主になられるようなことになったら、私は別の家から婿を取ることになるのでその覚悟もしておけと……」

幸江と同じで物事をはっきり言う娘だったが、亮介はそういうところが嫌いではなかった。

「なるほど、戸村様がそのようなことを……。して美咲殿はその方が良いのかな」

美咲はかぶりを振った。

「嫌でございます。私のような背の高い女子の婿に来てくれる人など居りませぬ」

美咲は上目遣いに亮介を見つめたので亮介は笑った。

「俺なら、背の高さがちょうど良いということか」

美咲も笑った。

「私は男の人には見上げて話がしたいのです。そうでなくては嫌なのです」


亮介が講武所から帰宅すると幸江の父、戸村与兵衛が家にいた。寛一郎、幸江と話し込んでいるようだった。戸村も岩泉家と同じ郡方に属している。

「おお、亮介殿、戻られたか」

また何かあったのかと、亮介は急ぎ戸村の前に座り辞儀をした。戸村は、兄弟の顔を見比べた。

「実は、今日はお主ら二人に話があってな、すぐにも決めなければいかぬことなのだ」

二人は訝（いぶか）し気に戸村の顔を見た。

「お主ら、狼狩奉行（おおかみがりぶぎょう）という御役を知っておるか」

兄弟は目を合わせ、亮介が口を開いた。

「御目付配下で牧（まき）の馬を狼から守るために設けられた役職と聞いておりますが」

戸村は頷いた。

「そうじゃ。藩牧では毎年相当数の馬が狼害でやられておるのだ。ことにここ数年は被害が大きい。狼狩奉行は名の通り、その狼を狩る御役じゃ」

奥州（東北地方東側で、西側は羽州と呼ばれ別地域）は名馬の産地であり、馬産は各藩にとって大きな収入源になっていた。この藩でも北の牧、南の牧と呼ばれる二つの藩牧（藩営牧場）を持っており、馬の多くは幕府が買い取るが、残りは江戸で競りに掛けられ、良い馬であれば、百両の値が付く。狼害は藩政にとって由々しき問題なのである。

「ところが、その奉行に成り手がないのだ」

「と言いますと……」

亮介が聞くと、戸村は苦り切った顔で茶を口にした。

「先日、先の狼狩奉行が、群からはぐれた一匹狼に噛まれた。その狼は斬り捨てられ、噛まれた傷は浅かったのだが、おそらく狂い狼（狂犬病）だったようでな。その奉行は十日ほどしてひどい熱が出て乱心したようになり、たいそうに苦しんだ挙句、そのまま命を落とした」

亮介は息を呑んだ。

「なんと……。存じませんでした」

「さらにその前の奉行は、生まれてきた子が死産だったのじゃが、面妖な話、毛むくじゃらで狼の子の様であったという。おまけにその時、妻女までも亡くしたのだ。それで本人は職を辞した。村方の者らは、もとより作物に害をなす鹿や猪を獲ってくれる狼を恐れながらも崇めており、これを毒などを用いて殺傷することに熱心ではないのだ。さらに此度のことで、やはり狼さまの祟りだと恐れ始めておる。そのような時にこの役に就きたがる者がおるはずがない」

寛一郎が恐る恐る聞いた。

「その狼狩奉行が、某と、どのような関係が……」

「うむ、先日、郡方の上役に呼ばれた。次の狼狩奉行についてだが、目付衆には適任者がおらぬので郡方より出せぬかという話があるらしい。この役は誰でもできるというわけではない。ある程度、領内の山野、村方、猟師のことまで詳しくないとの。その時、親父殿、岩泉源之進の名が出たらしい。郡方でも猟師や山の事情に詳しかったからの」

確かに父は、郡廻りをするうち領内の山、そこに住む鳥獣やそれを獲る猟師らのことに精通しており、狼狩りのこともよく息子らに話していた。

「それでな、その息子、岩泉寛一郎はどうかと問われた。岩泉家は少禄ながらも郷目付、家格は問題ない。しかも狼は親の仇とも言える。やる気になるのでは、となた」

寛一郎は目を落とした。

「しかし、義父上、今はこのような身体でとても新たな御役を勤め上げることは……」

戸村は寛一郎を見て頷いた。

「上役はそれも分かっておる。されどこの家には亮介殿がおるではないか。兄が病で臥せっておるのであれば代わりに弟が出仕しても構わぬとのことである」

今度は亮介が驚いた。

「そ、某がでございますか」

「そうだ、よいか。ここは考えどころぞ。寛一郎殿は藩から禄をいただきながら半年もろくに登城さえできずにおる。ここで、皆が嫌がる役を弟にやらせれば、岩泉家としても面目が立つというものだ。さすれば寛一郎殿は病が癒えた後も何の気兼ねもなく、御役に戻れるのではないのか」

寛一郎と亮介は顔を見合わせた。

「それに亮介殿は家中でも名が知られておる。藩の講武所で、槍を使わせればお主は、家中で五本の指に入るほどの達者と言われておるではないか。その弟が兄の代わりにこの難儀な役を引き受けるというのであれば、誰も文句は言うまい」

寛一郎は辛そうな顔で亮介を見た。

「亮介、この御役、どうだ、引き受けてくれるか」

亮介は神妙に寛一郎を見、そして戸村の方を向いた。

「せっかくお声を掛けていただいたのですから、固辞することはできぬでしょう。某に務まるかどうかは分かりませぬが、藩のため、岩泉家のために受けさせていただきます」

戸村の顔色がぱっと明るくなった。

「そうか、受けてくれるか。この御役はな、誰が受けたとしても他にないような特異な仕事になるでな。出仕の経験のないお主がやっても同じことじゃ。まず明日にでもわしから上役に返事をする。その後、登城せよということになるであろう。それにしても亮介殿がまだ家にいてくれる間で幸いであったな」

数日後に亮介は一人で登城した。

亮介は、まさか自分が、兄の代役ではあるにせよ、岩泉の名前で出仕することになるとは夢にも思わなかった。武家の次男と生まれた以上、嫡男が健常であれば、他家の養子、または婿入りするしか藩士として御役に就く手立てはないのである。しかしながら此度の御役が郡方の常なる役ではない、相当に難儀な役であることは戸村の話で察しがついた。相手は人ではなく狼である。

子供の頃、一度だけ父と山で狼を見たことがあった。数匹の狼が鹿の死肉を食いあさっていた。父が「あれが狼だ」と小声で教えてくれた。血に染まった口元は里犬よりも切れ上がり、毛は濡れたような灰色をしていた。その凶暴な姿に畏怖の念を感じ、父の後ろに隠れるようにした。狼たちはその後、里犬ではとても登れないような崖をいとも容易く駆け上がり、姿を消した。

そんな思い出が胸をよぎれば、嬉しさよりも不安が勝ったが、父の仇を討つのだという強い気持ちで打ち消し、城に入った。

郡方の寛一郎の上役から引き合わせがあり、目付の石井源五郎という実際の上役になる男と面した。石井は四十過ぎらしいが、役柄からか老けて見えた。もう一人むっつりとした髭面の大男が横に控えている。

「お主が岩泉か。拙者は牛馬掛目付の石井じゃ。この者は二つの藩牧を取り仕切っておる野馬別当の中里賢蔵である」

と、横に控える髭の男を紹介した。

野馬別当は目付配下ではなく、御用人配下である。野守といわれる牧の番人らを従えて牧を管理はしているが、諸事決定の権限は持たされておらず、用人や目付の命に従うのみであり、従えている野守らの多くは士分ではない。

石井は若い亮介の顔をしかとみて難しい顔をした。

「岩泉、知っての通り、先の狼狩役があの様な始末で落命した故、此度は満足な引継ぎもままならぬ。さらに嫌な御役で成り手がおらぬ。兄の代役と聞いたが、よほどの覚悟がないと務まらぬと心得よ」

亮介はこの役に自分では不足であると見られたと思い、居心地の悪さを感じた。そんな亮介の様子を気にも留めず石井は、亮介の前に一冊の書付を置いた。

「この書付は先の狼狩役が残したものである。ここにあるようにここ数年、藩牧の馬の被害が増えておる。それに対して、駆除できた狼の数は格段に減っておる。つまりは狼狩役が役を為しておらぬのだ。如何にしてそうなったのか、本人が既におらぬ故、その訳が分からぬ。まずはそこから調べることが肝要であろう」

その後、いくつか問答を行ったが、石井の話は、具体的なことになると全く要領を得ず、その日の面会は終わった。野馬別当の中里は挨拶もせず終始黙っていた。狼狩りは狼狩役でやればよいと思っているのか、不気味で、冷淡な印象を受けた。

ひとりになった亮介はその書付を隈なく読んでみた。目付配下の仕事であるが故、何疋の馬が狼害にあったとか、何匹の狼を毒で獲った、あるいは狼を捕獲した猟師に報労金をいくら渡したかなどの日付や数字は、かなり細かく明記されている。これによるとどうやら専属で狼狩奉行に付いている藩士や専属の猟師はいないようだった。つまりは領民の協力を得ながら一人で何もかもせねばならぬように思えた。亮介は暗澹たる気持ちになったが、まずは書付に何度か名前の出てくる猟師のひとりに会ってみることにした。

三

喜助という名のその猟師は、山間の蛭谷という小さな集落の一軒に妻とみられる女と二人で住んでいた。この時代、猟師は士農工商の身分制度の枠外、賤民である。また山の獲物を自由に獲ることは許されてはいない。領内の鳥獣は、全て藩主のものであり、勝手なる狩猟は重罪となる。作物などが猪鹿の被害にあったときだけ、駆除目的で狩猟が許される。火縄銃も藩庁の焼印があるもの以外は使ってはならないことになっていた。ただし狼に関しては藩庁から報労金が出るほどで、いつでも獲ってよいことになっている。

腰に鹿の毛皮を巻いたその男は、突然門口に現れた若い侍に驚いた様子であった。

「某は、新たに狼狩奉行に任ぜられた岩泉亮介と申す」

丁重に挨拶すると、安心した様子で中へ入れと手で合図した。

亮介はこのような極めて貧しい在所を訪れるのは初めてのことであった。領内の百姓も貧しい暮らしであるが、ここの暮らしは察するにそれとはまた格段に色が違って見えた。子供も何人か外にいたが、ほぼ裸であり、色黒く眼だけがぎょろぎょろと光っていた。在所の者らはぼろと毛皮をまとっており、風呂もないようである。夏は川の水があるので良いが、長い冬は如何にするのであろうかと思えた。

小屋と言うべき家の中に入ると中央に囲炉裏が切ってある板間だけの造作の住まいであり、むっと獣臭さが鼻をついた。この集落の者らは狩猟のほか、獣の皮をなめして生業にしているようであり、獣の毛皮がそこら中に干してあった。しかしその獣臭さは、人の匂いでもあった。

「狼についてお伺いしたいのだが、その方らは今まで何匹ほどの狼を獲ったのだ」

「おら、先のお奉行さ言われて、年にまあ五匹から十匹ほど獲ったども、ここ数年はまったぐ獲れなんだべ」

「それは、如何なる訳でか」

亮介が問うと喜助は渋い顔をした。

「黒絞りが群のあだま（頭目）さ、なっだからだべ」

亮介は怪訝な顔を向けた。

「黒絞りとは何だ」

喜助は、恐ろし気に淡々と語りだした。

「あったらに大きな狼は見たごどがねえ」

喜助の話によれば、狼は普通、七、八匹の群で行動しているが、その中に必ず頭目にあたる強い雄狼がいる。数年前に現れた黒絞り文様の大きな頭目は、頭が良く、毒の入った獣肉は一切口にしないという。群の仲間もそれに従って口にしない。喜助は一度鉄砲を持っている時に出会ったが、動きが敏捷でとても仕留められない。仕損じればこちらが襲われる、と身の危険を感じ、その場から逃げたという。二度と出会いたくないと恐ろしげに語った。集落の者らも黒絞りが出てから狼狩りには行きたがらなくなったらしい。この蛭谷の在所は百姓ではないので、もともと狼をそれほど恐れ、崇めることはない。それがこの恐れようであれば、この先が思いやられた。

「こたらに大きいべ」

喜助は両手を広げて見せた。さらに妻に言って狼の毛皮を出して、そこに広げた。その毛皮で分かるように並みの狼は頭から尻尾の付け根までが三尺程度であるが、黒絞りは四尺以上あるようだ。

父は、大きな狼に襲われ、崖から落ちたと言われている。その事が胸をよぎった。それが真実だとすればその狼はまさに、この黒絞りではないのか……。

次に亮介は、手に持った書付を開いて、ある項を指さした。

「狼毒薬調合覚」

という項である。

「ここに毒の調合が書いてあるが、この通りのものを使ったのか」

そこには、

一、まじん　二十匁

一、蕎麦の芽　二十匁

一、ほおの木の皮　九匁

一、大せり　五匁

一、鉄の削り屑　五匁

一、大ばちの根　十匁

一、ぶす、しどけの根　七匁
等と材料と調合の仕方が細かく記載されていた。

字がよく読めない喜助は、亮介の説明を聞いて頷いた。

「そのどおりだ。これはこの在所さ昔から伝わる毒の調合で、おらがお奉行らに教えたものだべ。薬草づくりもおらたちの仕事だべ」

先の狼奉行は、毒の調合ひとつにしてもこの者らを頼っていたことが分かった。家中に狼のことに詳しい者などいないのかもしれない。しかしその黒絞りという頭目と相対するためにはもう少し狼のことを知らねばならないと思えた。

「領内で、狼のことを一番よく知っているのは、お主らか。ほかにはおらぬか」

喜助はしばらく考えて答えた。

「獣のごどなら馬医者の中川先生が、よく知てると思んだども」

詳しく聞けば、その中川と言う馬医は、喜助とともに狼狩りにも何度も同行したという。

「あい分かった。今後もお主らの世話になると思う。よろしく頼む」

集落を後にした亮介は、その馬医に会ってみようと思った。

城に戻った亮介は、その中川という馬医に関し、常は何処にいるのかと目付衆で聞いてみたところ、中川をよく知る者がいて、教えてくれた。

名は中川良仙、藩の御典医の三男であり、江戸で医術の修業をしたが、本草学に興味を持ち、国許に戻ってからは領内の山で薬草を調べていたという。そのうち山の鳥獣にも興味を持つようになり、領内の鳥獣図絵を作成、藩に献上していたところ、馬医にならぬかと声が掛かった。

藩牧では、野馬別当の中里が御用人配下であるのと同様、中川もその配下で馬医の御役を得たという。ふたつある藩牧の中には、野守と馬医の詰所である野馬役所という建屋があり、中川は常には南の牧の役所の馬医詰所に居るということだった。御典医の三男坊で変わり者の藪医者故、馬医にしかなれなかったという者もいた。三十代半ばで未だに独り者とのことであった。

亮介は初めて牧に向かった。遠くからは見たことがあったが訪れるのは初めてである。一つの牧で二里四方はある広大な土地である。

父より教えられたが、奥州の馬産の歴史は古く、古代より土地の豪族が馬を育て、中央とも取引をしていたという。奥州藤原氏が栄えたのは、金と馬産によるものとも言われている。その後、奥州藤原氏を滅ぼした源頼朝により領地を授かった豪族が馬産を営み、その後も領地の支配者は入れ替わったものの馬産は脈々と続き、徳川時代に至っている。人の戸籍はないが、馬の戸籍である馬籍は、昔から厳格に管理されていた。

亮介は牧の広大さに圧倒された。まだ風は冷たいものの日差しは確実に春になっており、その陽を受けて野馬が自由に走り回っている。藩牧の馬以外に領民、主に比較的豊かな本百姓が育てている馬もあり、これは、里馬と呼ばれた。

亮介はその役所に足を向けて訪いを告げた。南の牧も広いが、野馬役所は城より割合近いところにあった。

中川は、褐色の肌で無精髭が伸び、背は高くはないが熊のようながっしりとした体軀の医者で、筒袖に動きやすい裁着袴を穿いていた。ほとんど家には帰らず、この詰所で寝泊まりしているようだった。まだ三十半ばと聞いていたが、さらに若い亮介が新しい狼狩奉行と挨拶したので、驚いた顔を向けた。

「これは、これは。あんたが新しい狼狩奉行の岩泉様かい。こんなにお若いとは」

「何も分からぬ者故、まずはご挨拶に参りました」

中川はにこやかに亮介を見た。最初は、粗忽な風にも見えた男だが、その表情には、知的な素養が感じられた。

「そうか、あんたが岩泉様のご子息か……」

中川は亮介の顔を覗きこんだ。

「実はな、わしは亡くなられた親父殿にはお世話になったのじゃよ」

今度は亮介が驚いた。

「と、申されますと」

「いや、わしは以前に領内の山で薬草や鳥獣を調べておっての、その頃に色々と岩泉様に教えを乞うたのじゃ」

中川は昔を思い出すように少し視線をずらし、顎髭に手をやった。

「親父殿は領内山野の地形、鳥獣の事、格別にお詳しい御仁じゃったのでな。惜しいことでござった。あのようなことになり残念でならん」

「そんなことがあったのですね。存じ上げずに失礼しました」

「とにかく、これは奇遇なことじゃな。それにしてもわざわざこちらまでお運びくださり恐縮にござる」

中川は頭を下げた。

中川は、亮介の知る常に書物に埋もれている学者とは全く印象が異なった。若い頃から山野を駆け巡ってきた逞しさと清々しさがあった。元来が気さくな人柄なのか、少し話しただけでも前からの知り合いのように親しみを感じた。父のことを知っていたということもあるだろうが、この人は味方になってくれるのではという予感がし、素直にこちらも頭を下げる。

「実は某は病気の兄の代役で、正直申しまして、御役のことは何も分からぬ若輩者でございます。是非先生のご教授を賜りたいと馳せ参じました次第」

中川は、相好を崩した。

「わしの知るところは、全てお教えいたそう。今までは狼狩奉行とこの牧の野守衆が別に動いていたのじゃが、お互いが力を合わせなければ牧の馬は守れぬとわしは思うのじゃ」

亮介はすがるように顔を上げた。

「しかしなぜにこの藩は狼を獲るための専属の藩士なり猟師なりがいないのでしょうか」

中川は渋い顔をした。

「確かに、奥州でも藩牧を多く持つ藩では狼取りという鉄砲を使える専属の藩士、足軽が居ると聞く。しかし本藩では牧も二つだけであるし、狼狩奉行が猟師や百姓を使えば何とかなるだろうと目付は考えているようじゃな。牧には木の柵がござろう。あの補修も本来金がかかるのだが、修理に領民が駆り出されておる。ここの領民はこの牧があるために相当な労苦を強いられておるぞ。ただ他藩と同じように狼を仕留めた領民に報労金は出しておるがな」

亮介は頷き、さらに聞いた。

「狼の話になりますが、喜助という猟師に聞いたところでは、牧の狼害が増えているのは、黒絞りと呼ばれる群の頭目が現れた故と。先生のお考えは」

中川は、腕を組んだ。

「なるほど、あの狼は頭が良いが、それだけではない。餌となる鹿の数が十分であれば、狼たちは牧の馬を襲いはせん」

「と、申されますと？」

「鹿の数が減っているのだ。藩では新田開発で山の木を伐り棚田や畑を作っている。さらに田畑を作らぬにしても建材として売る木を伐るため、鹿が住める場所が確実に減っておる。それによって畑の作物を食いに来るようになった鹿は、多く殺される。鹿が減るということは、即ち狼の獲物が減る。それで牧の馬を狙うようになると考えられるな」

「なるほど、そこへあの黒絞りが現れて狼狩りもままならないとなると、ますます狼害は増える一方ですね」

「牧の馬は柵に囲まれて、ある意味逃げ場がない。人の目さえ欺けば、賢い狼にとっては野生の獣を狩るよりも楽な仕事になる。故に牧の馬を襲ってくるのは、たいてい黒絞りの群である。亮介殿の御役は狼狩奉行、まずあの黒絞りの群れを何とかせんといけんじゃろうな。ただ狼は余計な殺生はせん。生きるのに必要な肉だけを狩るはずなのじゃが、群れの規模にしては害が大きいのは気になるところだ」

亮介は思いつくまま言った。

「賢しい故に、遊びのように人をなぶりに来ているのではないですか。それほど頻繁に馬を襲いに来るのであれば、牧で待ち構えて鉄砲で仕留めることはできないのでしょうか」

中川はかぶりを振った。

「それができればよいのだが、まず無理じゃろう。狼らは、夕暮れ時から夜更けにやってきよる。主に仔馬を狙うのだが、あっという間に近づく。薄暗い中で鉄砲を放てば馬を撃ちかねない。狼だけを正確に狙うのは難しく、棒で追い払うぐらいしかできないのじゃ。しかしその時は既に仔馬は喉笛に狼の一撃を食らって瀕死となっていることもあるのだ。助かったとしても狼の噛傷のある馬は値が下がってしまう。牧は広いし、番をする野守は少ないので、このところは番方の足軽が交代で牧の番についてくれとるが、それでも難しいな」

亮介は頷いた。

「なるほど、申されるとおりですね。大事な馬の近くで鉄砲を放つわけにはいかない。毒も無理、鉄砲も無理となるとどうすればいいのでしょうか」

「毒以外で仕留めるのならば、山中に鹿の死肉を置いて狼らをおびき寄せ、肉を食らっているところを鉄砲で仕留めるという方法があるな。最も黒絞りが出てから猟師らはやりたがらぬが」

「先生、某が何とか猟師らを説得します。まずはその手立てで狼狩りを始めましょう。何もせずに手をこまねいているわけにもいかない。その時は先生も同行していただけますか」

中川は、歳は若いがやる気を見せている亮介を頼もしく感じ、思わず微笑んだ。

「無論じゃ、できる限りのことはさせていただく」

四

数日後、亮介は、南の野馬役所で再び中川と会していた。

「先生、先日の話、山中に死肉を置いて狼をおびき寄せる猟ですが、猟師らをやる気にさせるにはどうしたらよいかと考えておりまして」

中川は口元を曲げた。

「奴ら、もはや黒絞りを恐れて腰が引けとるからのう」

「いくら頼んでも無理なら、いっそのこと特別な報労金をつけたらどうかと、つまり黒絞りだけ値を上げるのです」

中川の目が光った。

「ほう、それはなかなか良い考えではないか。あの者ら金のことになると目の色が変わるからな。数年前より報労金も長く手にしておらんであろう」

「では、石井様にお願いすることにします」

中川は苦笑いした。

「それはそれで大変じゃな」

領民が狼を獲ったときの報労金は、
雌狼　八百文
雄狼　七百文
子狼　二百文
とされていた。子を産む雌の方が、値が高いのである。
亮介は、目付上役の石井源五郎にこれを雄の頭目黒絞りに限って二千文にできないかと訴えた。
石井は渋い顔をした。
「なんと、二千文じゃと、大方三倍ではないか」
亮介は粘った。
「その群の頭目である黒絞りは雄三匹の値打ちがありまする。この狼一匹のために、毒餌は使えず、猟師らは腰が引け、猟が全く進みませぬ。事は一刻を争いまする。何卒ご了承のほど」
石井は、この一匹に限ってということで渋々ながら了承した。

この話をもって、亮介は再び蛭谷の喜助のもとを訪れた。

「喜助、狼の報労金の額が変わったぞ。黒絞りを捕らえれば一匹二千文だ。どうする」

思った通り、喜助の目の色が変わった。

「なんと、二千文ももらえるがかい」

喜助の声に、在所の者が集まってきた。

亮介は皆に言った。

「此度の猟は、黒絞り一匹を獲ればよい。黒絞りさえいなくなれば、後の狼は毒餌も使えるようになるであろう」

二千文と言えば、金二分に相当し、一両の半分の額である。猟師にとっては大金だ。在所の者らは嬉々として顔を見合わせる者と未だに怯え悩む者らに分かれた。結果、喜助を含め、四人の若者らがやる気になったようだ。


翌日、亮介は、蛭谷の猟師四人とともに中川の居る野馬役所に寄って此度の猟の段取りを決めることになった。

「猟師は、この四人だな。鉄砲は何挺あるのか」

中川が聞いた。

「火縄銃は二挺あるべ」

喜助が隣の若い男をちらと見て言った。

「こいつと二人で使い、後の二人は勢子役でコナギャ（先がヘラのようになった棒）ば持たすべ」

中川が頷いた。

「我々入れて六人か。ちょうどよい具合かもしれぬな。此度は山狩りではない。待ち伏せするのであまり人数が多いと、狼の奴に警戒されるからな。銃は二挺あるが、最初の一発を放ったら狼らは散ってしまう。最初の一発で黒絞りを仕留めることが肝要だ」

喜助は承知して頷いた。

「狼の群れはまずあだま（頭目）が餌ば食らう。最初に餌を食らうのが黒絞りになるべ」

中川は、領内の山地の地図を広げ、亮介を見た。

「この地図は、元は岩泉の親父殿が描かれたものだ。わしが写させてもらったのだ。さすが親父殿だ。これほど詳しい地図は他にない」

亮介はその地図を知っていた。

「写されたのですね。この地図は父上がよく使っていたので知っています。家にもあると思います」

中川が喜助に聞いた。

「喜助、お前が最後に黒絞りに出会ったのはどのあたりだ」

喜助も山の地形はおおよそ頭に入っているため、地図を見てすぐに指をさした。

「この辺だべさ」

「ではそのあたりの獣道を探して餌を置くことにしよう」

それから中川を中心に、日取り、鹿肉の調達に関し段取りを決めた。夜が更けてからでも狼が見えるように満月の日を選んだ。


狼が捕食をするのは、たいてい夕暮れか明け方の暗いうちであることが多い。その日、六人は夕まずめを狙い、陽が傾いてから餌の鹿肉を山中に置いた。六人はそれぞれ距離を取って分かれ、餌のある場所を斜面の上部から見下ろせる場所を選び、木の陰で様子をうかがうことに決めていた。

亮介が言った。

「喜助はどこで銃を構える。このあたりか」

亮介が餌から六間ぐらい離れた木を指さした。

喜助は首を振った。

「そこなら確かに撃ち損じるごとなさそうだが、近すぎるべ」

喜助はさらに離れた場所の木に進み、そこから餌を覗いた。

「このあたりがよかんべ」

銃撃するには近すぎると人の気配が伝わってしまい、遠すぎると命中率が下がる。

喜助は狙えるぎりぎりの木を選び、火縄銃を持ち、待機した。

喜助は腰に金物のでんでん太鼓のようなものを差していた。

「その丸いものは何だ」

亮介が問うと喜助が知らぬのか、という顔で笑った。

「これは、胴火というもんだべ。火縄が入っとる」

硝石を含む火縄は風向きによってその匂いが伝わるので、狼らが現れるまではむき出しにしないで胴火という道具に入れて帯に差しているのだ。

亮介は手槍を提げていた。槍の稽古は講武所で相当重ねたつもりであったが、まさか狼に対するために手槍を持つことになるなど、考えも及ばなかった。喜助以外の五人は喜助よりさらに離れた餌の場所をやや見下ろせる斜面の木の陰で待機した。

やがて夕暮れが迫ってきた。満月は東の空から上り始めているだろうが、山中には届かず、暗闇に目が慣れていないために最も見えにくい刻限となりつつあった。雪はもはやない。暗闇の中、山中に腹ばいで身を潜めれば、土の暖かさが伝わってきてそれほど寒さは感じず、まるで自分が山と一体になったような気になってきた。鳥の声も次第に止んできた。人の気配を消すとはこのようなことかと思えた。さらにしばらく息を潜めて待った。

——きっと来るぞ。

亮介はそんな気がした。子供のころに見た狼の姿が目に浮かんだ。

やや目が暗闇に慣れて、さらに山の稜線から月が顔を出し始めた時である。白い獣の影が、肉に近づいた。狐のように細くはなく、犬の姿であるが動作が敏捷に見える。狼に違いない。喜助の方を見ると火縄を用意している。落ち着いているように見えた。あれが黒絞りか、しかしそれほど大きくないようにも見えた。その狼が、小さな声で鳴くと、数匹の群れが現れた。亮介は息を呑んだ。その群の中にまるで別の獣のようなひときわ大きな個体がいる。知っている狼とは明らかに違う。黒い文様もある。

——こ、これが黒絞り、こんな大きな狼がいるとは。

男たちに緊張が走った。それは亮介の想像をはるかに超えた巨獣だった。喜助が恐れて逃げたといった意味が初めて分かった。暗い中ではあるが、鋭い眼光、落ち着き払ったようなその佇（たたず）まいには、畏敬の念を覚えざるを得ない。亮介は身震いしながら槍を握りしめた。こいつが父上を崖から突き落としたのか。しかしこのような獣を撃ち取れるものなのか。

その狼はあたりをうかがうように、素早く小刻（こきざ）みな動きを見せながらも、周りを圧するような威厳を見せていた。餌の匂いを嗅（か）ぎ、頭目として最初に餌を口にした。

喜助が、火縄銃を構え、狙いをつけた。その時、狼の動きが止まり、喜助の方を振り返り、同時に大きく跳躍（ちょうやく）し、身体全体が宙に舞った。その獣の大きさ、速さは、この世のものとは思えないほどであった。

少しずれて銃声が鳴り響いた。

——外したか！

亮介は心の中で叫んだ。狙う気配を勘づかれたのだ。全身に冷たい汗が流れた。

もう一人の男の銃声が響いたが、狼の群れは既に散ってしまってそこにはいない。黒絞りだけは、身を翻（ひるがえ）してその凶暴な口で喜助に襲い掛かった。まるで火縄銃は一発しか撃てないのを知っているかのようである。

喜助が危ない。亮介は意を決し、あらん限りの声でおめき叫び、槍を向けながら喜助のもとに駆けた。喜助は反射的に首に自分の左腕を巻いていた。その腕に噛みついた黒絞りは、亮介の声と槍の光に驚いたのか喜助から離れ、ちらと亮介を見て、踵(きびす)を返して去った。とても追いつけるものではなかった。喜助は腰を抜かしてその場に尻(しり)をついた。

「喜助、大丈夫か」

中川もその場に駆け寄り、喜助の腕を見た。

「良かった。さすがだな、喜助、狼はお主の喉を狙ってきたが、首に腕を巻いたから喉は助かった。腕もそれほどの深手ではないな。亮介殿のおかげで、噛みが浅い」

喜助は、放心したようにあらぬ方を向いて言った。

「こたら、恐(おつそ)ろしいごと。もう狼狩りは懲(こ)り懲(ご)りじゃ」

白くなった喜助の顔を見、亮介と中川はこの狩りの方法は危険すぎることを悟った。

「黒絞りはどうして、火縄銃に気づいたのじゃろうの」

中川が首をかしげると喜助が言った。

「狙いすぎたべさ。賢い獣は狙われているのが分がるだ」

亮介は頷いた。

「武道で言う気配や殺気というものを狼も感じるのでしょう。ましてや長く生き抜いてきた黒絞りならば」

中川が難しい顔をした。

「しかし恐ろしい奴じゃな。銃声がすれば、どんな獣でも一目散に逃げるであろう。しかし奴はその銃を放った相手に襲い掛かってきた。どこから撃ったかも分かっていた。第一、人というものを恐れていない。これは手ごわい」

一回目の亮介の狩りはむなしく不猟に終わった。月あかりの中、一行はとぼとぼと山を下りた。

その時、勝ち誇ったような狼の遠吠えが山中に響いた。一行は声のする山の方を振り返った。

亮介らは新たな狩りの策を考えなければならなかった。

五

数日後、岩泉の家に郡方の下役の松岡武吉が寛一郎の見舞いにやってきた。あらかじめ亮介にも是非とも会いたいとの言付けがあったので亮介も待っていた。崖から落ちた父の最期をみとった男である。松岡は四十過ぎで若い頃から父に付いて郡廻りをしていた。父が最もかわいがっていた後輩のひとりである。この家に来たのも一度や二度ではなく、寛一郎、亮介も懇意にしていた。

松岡は仏壇に手を合わせて、村方で手に入れた山鳥の味噌漬けと薬草を見舞いにと寛一郎に手渡した。

「寛一郎殿には一日も早く復帰していただかなくてはなりませぬから、滋養をつけてくだされ」

寛一郎は礼を言った。

「わざわざこのような珍しいものをいただき、かたじけない事です。今は御目付に出向く御役をいただき、亮介に出仕させている次第です」

「その話、聞いております」

松岡は頷きながら、下を向き、しばらく黙った。松岡は四十石の下役で子供も多く、生活は楽とは言えない。着物の襟は綻びて垢じみており、亮介は何か言いたげな松岡のその襟元が気になって、話を逸らした。

「兄上、その薬草、先日、猟師の家でも見ました。確かユキノシタと何かを合わせたもので、胃腸に良いとのこと、これを機に常時取り寄せてみては如何でしょう」

寛一郎は頷いた。

「うむ、せっかくいただいたもの。飲んでみてよさそうなら続けてみるかな」

それを聞いた松岡が、ゆっくりと顔を上げて口を開いた。

「実は今日は、亡くなられた時の親父様のことで参りました」

二人は意外な言葉に驚いて同時に松岡の顔を見た。

崖から落ちた父のもとに最初に駆け付けたのは松岡であった。その時、父はまだ息があったのだ。それ故、父の臨終を看取ったのは松岡只一人である。父は何かを言おうとしていたが聞き取れなかったと、その時松岡は言ったのだ。

「実は岩泉様は瀕死の状態の時に某にははっきりとあることをおっしゃったのですが、今まで黙っておりました。今日はそのことで参りました」

二人は突然のことに顔をこわばらせた。

「父上は、な、なにを言ったのですか」

寛一郎が問うた。

松岡はためらうようにしながらも語りだした。

「親父様はこうおっしゃいました。『野馬別当は不正をしておる……』と」

亮介は顔色を無くした。野馬別当とは、先日亮介が会した目付の石井の横に控えていた中里という大男だ。

亮介が問うた。

「何故、今まで黙っておられたのですか」

松岡が亮介を見た。

「このこと、お二人にはお詫びしなければなりませぬが、ことがことだけにそのまま目付に伝えるわけにも参りませぬ。お二人を巻き込めば、岩泉家の若きご子息を危険な目に遭わせかねない。親父様も同じ気持ちであられたかと。一旦は自分で調べようといたしました。お二人と同様に某も親父様が、現れた狼を恐れ、崖から落ちたという話はどうしても信じられませぬ。親父様の死が野馬別当と何らかのかかわりがあったのか。某にはわかりませぬが、自分なりに石橋の周辺を探っておったのです」

「狼に襲われて崖から落ちたという石橋殿の証言を疑っておられるのですな」

寛一郎が問うと松岡は頷いた。

「その通りです。葬儀の時も如才なく、善人のようにふるまっておりましたが、あの男は信用ができません。昨年のことです。野馬別当の中里は、たまに取り巻きの野守らを連れて町方の店で酒宴をしておるようですが、その店に石橋が入っていくのを見たのです」

寛一郎と亮介は顔を見合わせた。松岡はつづけた。

「しかしそれだけでは、目付にもう一度三年前の一件を調べ直してくれと申し出るわけには参りませぬ。石橋と中里に表向きには繋がりがないのは事実。ですが親父様は狼に殺されたとされ、亮介殿は、野馬別当とかかわりの深い狼狩奉行になられた」

亮介は目を見張った。

「父の死に、狼と野馬別当、二つが関係しているとおっしゃるのですか。さらにそこに石橋が加担していると」

「いいえ、まだ某にはわかりませぬ。ですが、狼狩奉行に就かれた亮介殿ならば、親父様のおっしゃったことが本当なら、いずれ何かに気づき、親父様の二の舞になるかもしれない。ならばいっそすべてを明かした方が安全と思い、居ても立ってもいられず、本日馳せ参じた次第。お二人と手を携えて三年前の真相をつまびらかにしたい所存であります」

寛一郎が静かに松岡を見た。

「分かり申した。この話ひとまずこの三人だけのことといたしましょう。決して他言はいたしませぬ。いや……」

寛一郎は振り向いた。

「幸江、聞いていたであろう」

「は、はい」

幸江が襖を開けた。

「父の事であります。家族故、妻に隠し事はできませぬ」

松岡が幸江を見た。

「は、では御新造様含め四人ということで」

寛一郎が亮介を見た。

「して、亮介、今の御役で何か手掛かりになるものがあるかもしれぬ。調べてくれぬか」

亮介は大きく頷いた。

「承知いたした。それとなく探ってみます」

亮介は、この偶然にも、いや父のことにかかわって与えられた狼狩りという御役を成し遂げることで、父の死の真相を見いだせるかもしれぬと考えた。これは亡き父が自分に与えた重大な役目ではないかとも思え、おろそかにしてはならぬ、と意を強くした。

ちょうど同じころに、件の野馬別当、中里賢蔵は野馬役所にいた。馬医の中川らがいる牧とは違うもう一つの北の牧にある役所で、中里はそこを自分の拠点としていた。

野馬別当は、牧を守る多くの野守らを従え、二つの牧の馬の管理を取り仕切る。馬産は藩主直轄の事業であり、ことのほか重要な御役である。しかしその割に家中での身分は低かった。家禄も三十石程度であり、下士である。諸事の決定権もなく、上役である用人の指示を仰がなくてはならない。しかしこの御役は誰にでも務まるものではない。使用人である野守らは、多くは士分ではない、足軽の次男、三男であったり、百姓の次男、三男、あるいは元は武家奉公人であった中間、小者くずれの者などであるから、中には無頼の者もいる。この者らが勝手な振舞いをしないよう、十分ににらみを利かさなくてはならないのだ。この組織の親分たる力量が要る。中里家は代々この別当の役に当たり、武家ではあるが伝法で粗野な気質を受け継ぎ、またそのような筋とのつながりもあった。それ故他の藩士からは、やや恐れられているところもあった。少禄ではやっていけない役であるが、牧にかかわっている領内の豪農や商家からのそれなりの実入りもあり、また、藩から支給される野守らの給金に関してもその上前を撥ねていた。それらに関しては藩も別当の裁量の範囲として大目に見ていた。中里は野守の中から手なずけた取り巻きを常に十二人付けてその者らにそれぞれの組の野守らを管理させている。野守らは藩士ではないにせよ、これだけ多くの者を従えているのに、これだけ少禄の藩士は他にはいない。中里はそのことを常々不満に思っていた。

野馬役所は土間敷(どまじき)であるが、奥間に小上がりの板間があり、その奥が中里の席である。その周りに取り巻きの野守らもそれぞれ坐(ざ)していた。二本差しの者と脇差だけの者が混じっている。二本差しの者らは、一応士分と名乗っていた。

野守のひとりが言った。

「今年はまた狼害が多いようですな」

中里は巨軀(きょく)を揺らせて頷いた。

「そのようだが、我々にとっては悪いことではない。ところで……」

中里は皆を見まわしてやや声を潜めた。

「先日、新しい狼狩奉行と会ったが、驚いたことにこれが郡方の岩泉源之進の息子だ」

周りの野守たちは驚いた顔を向けた。中里は腕を組んで顔を横に向けた。

「あの男の息子、何故あの役に就いたのかは知らぬが、用心せねばならぬな」

中里はさらに思い出したように言った。

「そうだ、最近わしらの大事を見た童(わらべ)がおったであろう。あれを……」

中里は何が楽しいのか、たるんだ頬(ほお)を震わせながら皆を見渡した。

六

それから一月、松岡武吉は前よりも頻繁に石橋弥五郎が下城するときに後をつけて、探りをいれていた。真面目(まじめ)に登城はしているようで、そのまま帰宅することが多いが、その日は、違う方向に足を向けた。既に日が暮れかかっており、見通しは悪いが月明りはある。根気よく後をつけると、遂に湊(みなと)の方まで来た。この藩の領地の東側は海に面しており、漁師が住む湊町がある。その中の苫屋(とまや)の一軒に石橋は姿を消した。しばらく待ってみた。果(は)たして五、六人の男らと連れ立って石橋が現れた。男らは、酒徳(さけどっく)利(り)とおそらく食い物とみられる風呂(ふろ)敷(しき)包みを提げていた。一行は浜の方に出た。桟橋(さんばし)に漁船らしき船が一艘(いっそう)泊まっておりそこに乗り込む様子だ。それにしても妙な形をした船だった。その時船べりから顔を見せた男のたるんだ頬が月明りではっきりと見えた。

松岡は翌日、岩泉の家を再び訪れ、寛一郎、亮介と会していた。幸江も控えていた。

「松岡様、何か新たなことがわかったのですか」

寛一郎の言葉に松岡は頷いた。

「昨晩ですが、石橋の帰路をつけましたところ、湊町へ出向いたのです。そこで五、六人の男と連れ立って船に乗り込みました」

「船ですか。どのような船です」

亮介が聞くと松岡は、首を傾げた。

「結構大きな漁師船ですが、妙な形をしておりました」

「どのような」

「漁師船には屋形を設えたものもありますが、その屋形が船の割に大きいのです」

寛一郎が腕を組んだ。

「江戸には、中で客が飲み食いする屋形船というものがあるが、そのようなものですか」

「そうです、一行は酒徳利と食い物とみられる風呂敷を提げていたのでそこで酒宴でもするように見えました。しかし船のつくりは、漁師船でした」

亮介が言った。

「あの湊に屋形船等なかったですからね」

松岡は二人を見た。

「肝心なのはこれからなのですが、その船べりから頭を出した男がおりまして、顔がはっきり見えました」

「知った顔でしたか」

亮介が思わず膝を乗り出した。

「間違いありません。野馬別当の中里です。やはり、石橋は中里と関係があるのです」

兄弟は顔を見合わせた。亮介が頷いた。

「間違いなさそうですね」

「船で酒宴を行ったからと言って特に咎められるようなことはありません。野馬別当は特別な御役故、家禄以外の金回りも良いと聞きます。あの船で何か人に聞かれたくない相談をしていたのではないかと」

亮介が太く息をついた。

「しかし何故、船なのか。風流を楽しむような輩でもないし、話を聞かれたくなければ、野馬役所で十分です。周りには何もない」

寛一郎が言った。

「何かあるのだな、その船に。とにかく松岡様、そこまで探っていただきかたじけない。一歩進んだ気がします」

松岡が寛一郎を見て、小さく頷いた。

その日の話は一旦終わり、松岡が立ち上がろうとしたとき、幸江が言った。

「この話、このままでは進まぬのではないでしょうか。この際、戸村の父を引き入れた方が良いかと思います」

「義父上を」

寛一郎が幸江を見た。

「そうです。戸村の父は、以前、郷目付の御役であのあたりの漁村の網元などとも懇意にしておりました。また漁村を廻っておられる奉行所の同心とも知合いです。父の力を借りればきっと何かの手掛かりが摑めます。何より戸村の父と岩泉の父上は、元より昵懇の仲、このことを黙っておるのは辛うございます」

寛一郎は頷いた。

「良いと思う。我々だけで探るのはもはや難しい。松岡様、如何か」

松岡は力強く頷いた。

「戸村様に関しては、某からもお願いしたいところでした。是非(ぜひ)に」

横で亮介が口を開いた。

「ついでと言ってはなんですが、それならばもう一名、某が世話になっている馬医の中川先生も引き入れたいと考えまする。先生はかつて父と懇意にしておりました。何より馬医は野馬別当と同じ御用人配下であります。野馬別当の様子が一番分かる役どころにおられます」

四人はその場で合意し、仲間は六人とすることにした。


後日、日を繰り合わせて戸村と中川を岩泉の家に呼んだ。松岡も待っていた。

亮介が中川を連れてきた。寛一郎が挨拶した。

「狼狩りの件では亮介がお世話になっております。此度は拙宅までお運びいただき、かたじけない」

「こちらこそ、亡き岩泉様には、大変お世話になりましたので」

中川は仏壇に手を合わせた。

次に戸村が来て、寛一郎の顔を見て言った。

「どうじゃ、加減は。ずいぶん顔色が良くなったではないか」

「は、亮介が猟師から仕入れてくれておりますす薬草が効いておるように思えます」

「それは良かった。今日は先生もお見えじゃな」

戸村は既に中川には面識があった。

「で、用件は何じゃ。内密の話と言うが」

寛一郎と松岡が顔を見合わせ、寛一郎がこれまでの話を二人に伝えた。

二人の顔色が、次第に変わった。

「……と言うわけで、我々だけで何か証になる物を見つけ、そのうえで御目付に申し立てるべきかと。そのためにお二人に御助力をいただきたいと考えまする」

戸村と中川は思案するようにしばらく黙していた。

戸村が口を開いた。

「よかろう。今の時点で騒ぎ立てても良いことは何もない。松岡殿、この三年、あの一件の事を気にかけて色々と尽力いただき、かたじけない。礼を申す」

松岡が言った。

「とんでもないことでございます。今まで岩泉様の最期の言葉について黙っておりましたこと、お詫びいたします。で、戸村様、何か今できる方策はありますでしょうか」

「うむ、まず手を付けやすいのは、その漁師の持つ妙な屋形船だな。あの湊町には、藤岡（ふじおか）という大きな家がある。兄は網元で、弟は湊で店をやっておる。食い物だけでなく、漁師が必要な物は何でも売る店じゃな。その弟とわしは懇意なのじゃ。その者は湊の漁師についてはなんでも知っておる故、その船についてそれとなく聞いてみることはできる」

松岡が頭を下げた。

「何卒、よろしくお願いします」

亮介が中川を見た。

「先生、話に引き込んでしまい申し訳ありませんが、ご意向は」

「岩泉様のことだ。わしも一肌脱（ぬ）ぎたいと考えておる。野馬別当のことだが、不正と言うなら、不正ばかりしている男だ。野守の給金の上前を撥ねたり、牧に絡んで領内の豪農や富商から金をとっておる。しかしそれは藩も黙認しておる故、親父殿は、死ぬ間際（まぎわ）にわざわざそのようなことは言わぬであろう。藩庁もあずかり知らぬもっと大きな不正があるのだ。それが湊町とどういう関係があるのかわしには分からん。とりあえずはあの男と取り巻きの野守らの動向、気にかけてみる」

「先生は、野馬別当の一番近くにおられる。是非ともよろしくお願いいたしまする」

寛一郎が辞儀をした。

戸村が幸江を見た。

「幸江、今思いついた。美咲の事じゃがな」

「美咲が、いかがしましたか」

「あいつには十四の頃より様々な家に行儀見習いにやっておる。外で働くのが好きなようでな。商家もあったな」

「そういえば、商家は、やることがいろいろあって武家より面白いと言うておりましたね」

「それなら、その湊の藤岡の店にしばらくやってみるか。藤岡の弟に頼めば引き受けてくれるであろう。奉公人のように使われるかもしれぬがな。毎日あの湊におれば、何か分かることがあるやもしれぬ」

亮介が驚いて尋ねた。

「それは、美咲殿も仲間に引き入れ、密偵のようなことをさせるということですか」

戸村が笑った。

「密偵とまではいかぬがな。まだ十七の娘だが、何かの役に立つかもしれぬ。美咲もこの話に引き入れようではないか」

幸江が亮介に言った。

「美咲は、亮介さんが思うより、なかなかしっかり者ですよ。この話をしても大丈夫かと思いますわ」

美咲を入れて七人、寛一郎と幸江は家から動けぬものの、他の五人は三年前の真相を探るべく、それぞれ動き出すこととなった。

第二章

牧の疑惑

一

その日、亮介が登城すると城内が騒然としていた。百姓からの訴えがあったという。桧江村というこの領内では比較的大きな村で惨事が起こった。この村方の百姓の子供が一人行方知れずとなり、村人総出で山狩りをしたところ、その子の亡骸が見つかった。明らかに狼にやられていたのだ。内臓や脚の肉は、全て食い尽くされていたという。村の者らは、三年前にも同じことがあり、この時は子供は見つからなかったが、この子も狼に捕らえられたのだと今は確信を持っていた。狼を日頃は狼さまと恐れ崇めている百姓らも、狼害が人身に至っては黙っているわけにはいかなかった。村の名主からの訴えは狼の群を一刻も早く駆除してほしいというものであった。狼の駆除がはかばかしくないという噂は村方にまで届いていたのだ。

野馬の狼害が増えていることに加えて此度のこと、亮介は家中の注目が自分一人に集められている気がし、いたたまれなかった。

牛馬掛目付の石井は、相当に動転し、亮介を呼び立てた。

「御家老にまで呼び出されたぞ。いったい何をしているのかと。お主は狼狩奉行とまで名がついているのであろう。登城などしている場合ではない。毎日でも猟師らと山へ入るのがお主の御役であろう。用もないのに城へは来るな」

「ははっ」

亮介はこれだけ厄介で人手の要る仕事を部下もいない自分一人が請け負っている理不尽に憮然とはしたが、石井の前ではひれ伏すよりなかった。

ここに至って、家中で声を上げた者がいた。番頭配下組頭のひとり、逸見六衛門と言う男である。番方の藩士は殿の鷹狩りの御供を行う。鷹狩りは遊興と軍事訓練を兼ねた藩の重要な行事であるが、その時に同行する番方藩士を一軍と見立てるならば、その一軍を率いているのが逸見であった。

「お家にとって由々しき事態、狼狩奉行や野守らに任せておっては、領内の狼を一掃することなど到底及びませぬ。狩猟であるならば我々こそが本職、ここは、大人数にて巻狩りを行い、山の狼を一匹残らず捕らまえ、今こそ番方家臣団の面目躍如とすべきかと」

そう番頭ならび執政に申し出たのだ。

鷹狩りは、領内で鷹匠が預かり飼っている殿の鷹、および猟犬を使って狩りをする。

まず猟犬が狩場に入り、鳥や小動物を追い、それを鷹が仕留めるのだ。一方で巻狩りは、人員を多数動員して、狩場の四方から巻くようにして鹿などを追いたて、逃げる獲物を、弓矢や槍で人が仕留める。逸見は巻狩りをもってして、山の狼を一掃しようと考えているのである。

この申し出は、家老らに承諾され、番方による大掛かりな巻狩りが行われる運びとなった。

巻狩りの数日前に牧の詰所で亮介は中川と会していた。

「此度の巻狩りの件、相当大掛かりになるようですが、狼狩奉行など巻狩りには何の役にも立たぬと、獲れた狼の雄雌、それぞれの数を記録せよと言われただけです」

中川は口元を緩めた。

「ここは、高みの見物と行こうではないか。わしはな、此度の番方による巻狩りはそう簡単ではないと見ているのじゃ」

「と、申されますと？」

「その昔、奥州のある藩で狼狩りのために大掛かりな山狩りをしたことがあるそうで、その記録を見たのだが、領民を含め数千人が動員されたとのことだ。数千人じゃぞ。

鼠一匹通さぬようにとにかく大勢で陣を張って山を進み、最後は多くの鹿や狼を崖から突き落としたとのことじゃ。此度は番方の藩士や足軽総出としても二、三百人程度、それでは狼を山から追い出すことはできないのではないかの。狼は俊敏で、人の通れない急峻な崖も通れる。大勢の人の気配がすればそのような場所からすり抜けてしまうのではないか。わしはそう思うが」

「なるほど、しかし番方の逸見様は、我々こそが狩りの本職と豪語しているそうです」

中川はかぶりを振った。

「鷹狩りの様子を見たことがあるが、主役は鷹匠と鷹じゃ。殿の遊興が目的であり、番方の者らは、配置について見ているだけじゃ。鷹は獲物を仕留めるとその獲物をしっかり摑んだまま地面でしばらく休む。その時、鷹に馴れた者が獲物を取りに行くぐらいだ。この時も領民の手を借りているのだ。馬廻り組など何もしておらん」

この時代の鷹狩りは、軍事訓練の色合いを既になくしていた。きらびやかな衣装をまとい、藩主が家臣団を引き連れて堂々と出陣、さらに現地で陣を敷き、そこから指揮を藩主自ら執る、つまり武威を示すのが目的になっていた。また、藩主や、その息子に世間を見せる意味合いもあった。大名にとっては農村の暮らしなどは鷹狩りの時ぐらいしか見られるものではないのだ。江戸出府中においても鷹狩りは行われたが、将軍に獲物を献上し、将軍家の権威を知らしめるものでしかなかった。

「巻狩りは、していないのですか」

「最後にやったのは五年も前らしい。鹿や猪は獲れたとのことだが、山ではなく比較的平坦な、いつも鷹狩りをする狩場で行ったようじゃ。もちろん狼は獲れておらん」


番方が考えた巻狩りの手立ては以下の様であった。

亮介と猟師の喜助らが待ち伏せて黒絞りを仕留め損ねた山の斜面を下ると、鷹狩りをする狩場につながっている。それほど高い山でなく低山である。狩場から見たこの山の稜線に徒士や足軽などの兵をもって一列に陣を配する。鐘、太鼓など鳴り物を打ち、あるいは声を上げながら、山を下り、獣を狩場の方へ追い立てるのである。狩場では、騎馬の者も加わり陣を密にして崩さず、草を刈りこんだ平坦な囲い場に追い詰め、そこで馬廻り組の者らが、馬上から一斉に弓矢で狼だけを狙い、仕留めるという。狙いは狼の群だけである。


奥州の山にも新緑の季節が始まるころ、数百人の兵が、早朝暗い内から山のふもとに整列した。

逸見が自慢の名馬にまたがり、陣頭指揮をとった。

「本日は、調練ではない。合戦と心得て臨め。敵は狼の群であるが、鼠一匹通さぬつもりで、陣を巻き、進むのだ。陣を起こすのはあの山だ」

逸見は山を指さした。まるで出陣である。

兵たちは縦一列になって山を登った。登るのは、山道や獣道沿いに進むのであるから難はない。ところが、稜線沿いに兵を配するのはそう簡単ではない。稜線に沿って道があるわけではなく、そこは森の中である。岩場も崖もあり、そう易々と行進できない。ようよう陣が備わったのは、陽が高く上がってからであった。兵らは、勇んで鐘、太鼓を鳴らし始めた。この様子は、狩場から見ていた亮介と中川にも分かった。

「中川先生、鳴り物の音は聞こえますが、兵の姿はほとんど見えませぬな」

「森の中じゃからな、ところどころに人影が動くのが見えるが、やはり兵が少ない。まばらに見えるな」

稜線から兵が一列の陣を張って同時に山を下るというのも、また簡単なことではない。場所により急斜面になっているところは簡単に下りることはできない。人も獣も同じで、より容易く下れる場所を探して下るのが常である。したがって横一列の陣が、下り易いところを求めて縦一列になってしまうのである。結果、山中で兵同士の諍いが起こっていた。

「おめえの陣は、こちらではなかろ。何でこっちさ来るだ」

「だども、向こうは危なぐて下れんべ。おめえが行ってみろ」

そうこうしているうちに陣はどんどん乱れていった。陣を守って無理をした者の中には滑落して怪我をする者も出だした。怪我人が出れば、打ち捨てるわけにもいかず、誰かが背負って進まなければならない。次第に兵たちは、狼を追い込む、巻狩りという本来の目的を忘れ、大きな怪我無く無事に下まで降りることが第一と考えるようになった。最初は景気が良かった鳴り物もまばらになっていった。

大きくあいた陣と陣の間の急斜面を、鹿が平気な顔をして駆け上がって行く。兵らは自分たちの無力さを悟って情けない顔を見合わせると、誰かが言った。

「此度は鹿狩りではねえから、鹿はほうっておけばよかんべ」

そのうち、木々の間を凄まじい速さで数匹の獣が走り抜け、兵たちの背後に消えた。草が茂っているのではっきりと姿は見えなかった。

「今のはなんだべ」

「きっと狐だべ」

「狐にしては大きかろう」

「狐だ、狐だ」

兵たちは、狐ということにしたかった。

この様子は、狩場から見上げている亮介らにもおおよそ分かった。

「先生、陣はかなり乱れているようですね」

中川は頷いた。

「これではまるで笊じゃなあ。そもそも今の番方の徒士や足軽は山に慣れていないのじゃから仕方がないのだ。戦国の世であれば、一軍数千人が、兵糧を背負って、いくつもの山を越え、何日も山中で野営し、合戦に臨んだわけじゃから、相当な経験が積まれ、知恵も働いたことじゃろう。しかし戦の無い世になって百年以上が過ぎて、山に入るような仕事もあまりなく、現場で指揮を執れるものがおらぬ。時代とともに武士も変わっていくのじゃ。昔の兵と今の兵では狼と里犬ほどの違いがあるんじゃろうな」

兵らが山の裾野に至るころには、すっかり陽が傾いていた。そのあたりから兵は横一列の陣をみせ、鳴り物もやかましくなった。行進が楽になったのである。また狩場で待ち構えている逸見ら、馬上の者から見られやすいのでかろうじて体裁を保とうとしたのであろう。陣が狩場にかかると騎馬の者らも合流して、いわゆる巻狩りの形となり、狩場の一か所を目指して獲物を囲い込むように陣を巻いていった。山から狩場へいったいどれぐらいの獣が追われて下りてきたか、低木や草が生い茂っているため、全容は誰にも分からなかった。

やがて陣が囲い場近くまで追い込むと、鹿や猪などの姿が見え始めた。

馬上より逸見が叫んだ。

「狼は見えぬか。猪鹿は獲るな、狼だけを射よ」

そのうち、

「狼だ、狼がいるぞ」

という声が上がり、馬上から何人もが矢を放った。陣は気勢を上げて盛り上がったものの、しばらくして静まり返った。

「これは本当に狼か」

という声も聞こえた。

亮介と中川は陣の外にいたので、様子が見えなかったが、すぐに検分のために呼ばれた。狼をよく知る者は、実はあまりいなかったのである。

二人が近づくと、数本の矢を射られたその獣はすでに息絶えていた。それは、年老いて痩せた雄の狼であった。

中川が狼を診た。

「かなり年老いておるな。群からははぐれて一匹狼になってこの狩場に追い立てられたのかもしれぬ」

馬上より逸見が聞いた。

「それは、頭目の黒絞りではないのか」

亮介が、逸見を見上げて答えた。

「残念ながら違います。黒絞りはこんなに痩せ衰えてはおりませぬ」

逸見は苦い表情で顔をそむけた。

逸見の失意は、周りの番方の侍ら全員に伝わった。これだけの兵を動員した結果が、山の狼を一掃するどころか、年老いた痩せ狼一匹しか獲れなかったのだ。

その時、その場所に一人の男が駆けつけ、中川に言った。

「先生さま、牧がえらいこったべ」

駆けつけたのは野守の男であった。

「野馬ば三疋も狼にやられた。黒絞りの群だべ」

黒絞りの群は、巻狩りに勘付いて、早くから山を下りて牧の方へ廻っていたのだ。

中川が驚いて立ち上がった。

「しまった。牧の番の足軽らが、こちらの巻狩りに駆り出されて手薄になっていたな」

亮介と中川が牧に駆けつけると、悲惨な表情で野守らが集まっていた。一度に三疋も襲われることなど、まずなかった。しかもまだ明るい内である。

二疋は仔馬で、喉笛に噛みつかれ、はらわたを食いつくされていた。狼は、まず滋養のあるはらわたを食らい、それから肉を食う。もう一疋は、大きな母馬であった。仔馬を守って狼に立ちはだかったのであろう。腹は無事だったが、喉笛をやられて出血していたので、もはや助からない。

野守のひとりが言った。

「大きな狼が、母馬の喉さ食らいつくのば見たべ。群は、十匹以上いだと思う」

それを聞いた中川が言った。

「そんなに大きな群は、普通はないな。やはり二つの群れが、黒絞りの元、ひとつになっているのかもしれぬな」

検視をし、結果を帳面に書き留める中川を見て亮介が聞いた。

「ところで先生、狼害があった場合は、先生が必ず呼ばれるのですか。その手続きはどのようになっているのでしょうか。前任の狼狩奉行の残した書付を見るに、毎度こんなことをしていては間に合わぬと思うのですが……」

「うむ、もとより全ての狼害は、馬医と牛馬掛目付の役周りの者が呼ばれ検視することになっておった。助かった場合も、絶命した場合もその目付が記録に取るのじゃ。絶命した場合は馬籍から抹消する。しかし三年ほど前から北の牧で絶命が明らかな馬に関しては野守らが記録をつけて目付に渡すということもできるようになった。狼害が増えて馬医と目付があまりに忙しいため、目付がそのようにしたと思われる。牧は広い。北の牧の野守がここまで知らせに来るのに馬に乗っても半刻（一時間）、わしが北の牧に行くのにやはり半刻もかかってしまう。その場合、助からない馬が多いのだ」

野守と馬医は、緊急の時だけ馬で移動することを許されていた。狼害は、緊急時となる。

「三年前ですか……」

亮介が首を傾げた。三年前なら、黒絞りはそれなりに大きかったであろう。いったいつから群れを率いているのだろう。

次の日、この一件の顚末は、瞬く間に家中に伝わった。

番方が総出で山狩りをしたにもかかわらず、獲れたのは老いた狼一匹、しかも手薄になった牧に黒絞り率いる群れが現れて、明るい内から三疋の馬が餌食になってしまった。番方は狡猾な狼らに翻弄されたような始末である。これだけ大掛かりな巻狩りを決行し、無様な結末になった番方の権威は大きく失墜した。この一件は失態として殿の知るところとなったため、逸見はこの責を取って組頭の役を降りざるを得なくなった。

家中は狼に揺れていた。

家老らはなすすべもなく、牧の番をする足軽を増やすよりなかった。

亮介は目付上役の石井に呼び出され、どのような手を使ってでもその黒絞りという狼の頭目を捕らえよと命じられた。

二

戸村与兵衛は、湊町の藤岡屋を訪れていた。美咲の行儀見習いの一件で相談に来たのだ。

話を聞いた店主の藤岡は笑みを浮かべた。

「こったら店で戸村様の娘様をば預かるのは気が引けますが、仕事はなんぼでもありますので、手前どもは助かります。よろしいのですか、こったら店で。行儀見習いさ、なりますかどうか」

戸村は頷いた。

「娘は何度も行儀見習いに入っておるのだが、武家より商家の方が手伝うことが多くて暇にならず良いと申すのじゃ。女中の手伝いと思うて、ひとまず三月ほど使ってやってくださらぬか」

藤岡は、快く了承した。

「今、女房が身重でしてな。子供らの守りば、していただければ助かります」

戸村はそれとなく話題を変えた。

「ちっと耳にしたのだが、ここの漁師船で屋形船のような船があるそうじゃな」

藤岡はすぐに答えた。

「はあ、それは漁師の正蔵の船だべ」

「何故そのような形をしておるのじゃ」

「正蔵が、屋形を大きく造った方が漁の道具ば入れるのに便が良いと言うて作り替えたらしいですわ。たまあに物好きな御武家様が中で酒飲んだり、魚釣りばしたりするのに貸しとるようですが」

戸村は知らぬ顔で聞いた。

「そんな商売もしておるのか」

藤岡は苦笑いした。

「まあ、漁師が釣りをしたい御武家様の相手ばすることぐらいは、大目にみられとりますからの」

戸村は興味深げに頷いた。

「そんな風流なことができる船がこの湊にあるとは、存じなかった。ちと、その正蔵とやらに会って、その船見せてもらえんじゃろか」

藤岡は少し戸惑った顔をした。

「はあ、今からですかな。まあ今時分なら、漁から帰っとるでしょうがなあ」

藤岡は、戸村を店に待たせて正蔵の家まで行き、本人を連れてきた。連れてこられた正蔵は、四十ぐらいの痩せた男で何やら困惑したような顔を見せていた。

「船ば見せてほしいと言われるのは、こちらの御武家様じゃ」

戸村は、できる限りくだけた表情を見せた。

「正蔵か、休んでおるときにすまんことじゃのう。わしもちとその風流な魚釣りができる屋形船を見たいと思ってのう」

正蔵は不承不承ながら、藤岡から言われれば仕方がないという様子でその船にまで戸村を連れて行った。戸村はそもそもこの正蔵の態度が訝(いぶか)しく思えた。商売相手の武家が増えれば喜びそうなものを、明らかに船を見せるのを嫌がっている様子だ。

船溜(ふなだ)まりに繋(つな)いであった船は、まさしく屋形船の様であった。乗り込んでみると、屋形の中は結構広い。畳(たたみ)が敷いてあるわけでもなく、板敷きで漁具が乱雑に置いてあるだけだった。床几(しょうぎ)があったので、中で飲み食いする場合はこれに腰かけて使うように見られた。

「なかなか良い船ではないか。ここで飲み食いもできるのだな」

正蔵はほとんどしゃべらなかった。

戸村はふと、この屋形の中に魚以外の匂いを感じた。足元を見渡すと小さな黒いものが落ちている。正蔵の目を盗んで懐紙に包んで袂に入れた。

「正蔵、休んでおるところを急に呼び出し、すまんかったのう。良い船じゃ。よう分かった」

戸村は、懐から小銭を出し正蔵に手渡した。

正蔵は黙って受け取り、小さく辞儀をした。困惑した表情は変わらなかった。


数日後の夜更け、戸村の招集により、岩泉の家に中川、松岡が集まった。

戸村が屋形船の件を皆に伝えた。

「……というわけで、今日は、中川先生に見てもらいたいものがござって、御足労願いました」

戸村が、懐紙に包んでいたものを皆の前で広げた。

皆は緊張して注目した。親指大の黒いものである。

「中川先生、これは何でしょうか」

「うむ、これは」

中川は紙を持ち上げ、そのものの仔細を眺め、匂いを嗅いだ。

「これは、干からびてはおりますが、馬糞に間違いありませぬ」

「やはりそうですか。屋形の中に落ちておりました」

亮介らは、驚いた顔を見合わせた。

中川が深刻そうに告げる。

「野守らがその船に乗っていたとすれば、奴らの草履に馬糞がついていたということは考えられますが、その場合はこのような塊で残っているはずはないでしょうな」

戸村が皆を見た。

「だとすれば、あの船に馬が乗っていたものと考えるしかない。馬一疋と数人の男らあの屋形には入れるな」

亮介が尋ねた。

「何故、船に馬を乗せるのです」

戸村と中川が目を合わせ、戸村が太く息をついた。

「これは、密馬の疑いありじゃな」

寛一郎が驚いて言った。

「密馬とは、野馬の密売。そのような大それたことを」

馬を他の領地へ移動させる場合、必ず藩庁の添え状及び通り切手というものが必要で、これをもって番所や関所の通過が許された。これを犯すものは密馬とされ厳罰に処せられた。

　中川が言った。

「密馬は、そう簡単ではない。全ての野馬には馬籍があり、目付も絡んで厳重に管理されております。年に一回、夏に総馬改と言うものがあり、用人並びに三役が出て全ての馬が確認されます。行方知れずの馬が出れば野守、つまり野馬別当の責を問われることになるので、柵から外へ逃げた馬も野守らは必ず見つけ出します。馬が売りに出される前に馬籍から抹消されるのは、馬が死んだときだけなのです」

　戸村が、腕を組んだ。

「うむ、密馬をするためには馬籍抹消をうまくやるしかない」

　亮介が急くように言った。

「先生、先日おっしゃっていましたね。北の牧で狼害に遭い、絶命が確実な馬はもはや先生も目付も検視されないと」

　中川の顔色が変わり、膝を打った。

「はっ、それがあったか。北の牧ならば狼害と見せかけて野守で処理してしまうことができる」

戸村が驚いた。

「いくら何でも牛馬掛目付の検分はいるであろう」

中川が青ざめて言った。

「それがなぜか、北の牧の狼害で既に死んでしまった馬に関しては、野守の中で定められた者が代理で検視し、その文書を目付に渡し、それを確認した目付が馬籍から抹消するという手順となってしまったのです。これは狼害が増えた三年前ぐらいからです。狼害の場合、喉笛に噛みつかれ、はらわたを食われるという死に方がほとんどであり、書くことも決まりきっているので、牛馬掛目付が楽をしようとしたためかと。実際、北の牧まで行くのは馬に乗っても半刻ぐらいかかりますので」

戸村が呆れた顔をした。

「何ということだ」

それまで黙っていた松岡が口を開いた。

「先生、その北の牧の狼害、つまり先生が検視しない狼害は、どのぐらいの頻度であるのですか」

中川が首を傾げた。

「役所へ戻り記録を見ればわかるが、この頃はおおよそ月に三回程度はあるな」

松岡が頷いた。

「ならば次に北の牧で狼害があったときは、お知らせくださるか。湊町であの船に馬を乗せるとしたら、漁師らが寝静まった夜間でしょう。某が浜で偵察いたします」

皆が松岡を見た。

「松岡殿、ご苦労なれどその儀、お願い申し上げたいが、一人で大丈夫かの」

戸村がそう言って亮介の方を見た。

「某も同行いたしましょうか」

亮介の声に松岡はかぶりを振った。

「いえ、偵察は一人の方が目立たなく、よろしいかと」

偵察行為は身の危険を伴うものである。亮介は松岡が自分一人でこの危なげな役を担う覚悟に思えた。


後日、北の牧で狼害があり、野馬一疋が死んだと中川より亮介に知らせがあり、松岡は、夕刻に湊に行き、正蔵の船を確認した。屋形の大きな船は一艘しかなく、すぐに分かった。一度出直し、漁師らが寝静まったと思われる九つ(午前零時)、湊町の船溜まりが見える場所に潜んだ。月は満月に近く、船溜まりの船は見えた。正蔵の屋形船はそこに無かった。

——この刻限に漁に出ることはないはずだ。

松岡は訝しく感じて栈橋（さんばし）の方や沖合にも目を凝（こ）らしてみたが、それらしい船はなかった。しばらく待ったが、一旦帰ることにした。朝方、漁の船が戻る頃に再び出直してみると漁の片づけをしている正蔵が見えた。魚も見えたので漁には出向いたようだった。

松岡は周りを見渡して、首を傾げた。たとえ夜間であれこの湊の浜に馬を曳（ひ）いて船に乗せることは難しく思えた。家々は浜に迫って建っている。馬が鳴き声など上げると誰かに気づかれるはずである。

帰り道、岩泉の家に寄り、このことをありのまま亮介らに伝えた。そしてその日の夜もう一度早めに湊に行ってみようと考えた。

亮介は、昨日の松岡の報告を受け、野馬役所の詰所で中川と会していた。

「先生、松岡殿に昨日の朝会ったのですが、九つのころには船はすでになかったと。さらに松岡殿が言うには、あの浜に夜中とはいえ、馬を曳いて船に乗せるのは、かなり難しいとおっしゃるのです。それももっともな話で、毎月そのようなことが起こればだれか気がつき、奉行所に訴えるはずです」

「うむ、湊町へ出るには街中を通る故目立つな。奴らはそんなことはせんであろう。別の場所があるのかもしれぬ。しかしあのあたりは岩礁が多く、船をつけて馬を乗せられるような場所はまずないはずだが」

中川は、狼害の記録を丹念に眺めていた。

「先生、その日付はなんでしょうか」

「これは、北の牧でわしが検視しなかった狼害の日付を書き出したものじゃ。見てくれ」

亮介は、書付を覗き込んだ。

「月にほぼ三、四回だ。それがな、なぜか毎月十四日か二十八日、どちらかが入っているのだ。ほかの日に紛れて気が付かなんだが、ほとんどそうなっている。この日付がない月もあるが両方入っている月もある。もしこれが偽りの狼害であったとするならば、いつでも良いというわけでなく、奴らの最も都合の良い日を選ぶであろう。さらにこの日しかできないということもありうるな。この十四日、または二十八日と言うのが怪しいではないか。松岡殿が湊に行ってくれた一昨日もたまたま十四日じゃな」

亮介も日付の並びをじっと見た。

「謎解きですな。家中の行事との関係は」

「うむ、それも調べたが関係はなさそうだ。この十四、二十八日という周期に何かの答えがあるのではないかと思うてな。気になってしょうがないのじゃ」

「私も考えたいので、この日付、写させてください。ところで先生、黒絞りはいったいいつ頃現れたのでしょう?」

「何でじゃ」

「いえ、この密馬が真(まこと)なら、実際は黒絞りによる被害はそれほどなかったのではと」

「ふむ」

亮介は、懐紙にそれを書き写し、野馬役所を後にした。

狼狩りのことも気になるが、中川に相談ばかりもしていられない。此度の一件にも巻き込んでしまった故、馬医である中川にこれ以上頼ることもできないと思えた。

別の手を考えなければならない。考えながら、家に戻ると、戸村が来ており深刻な顔を向けた。寛一郎も動転しているように見た。

三

「亮介、大変なことになった。松岡殿が刺された」

亮介は仰天して草鞋を脱ぎ捨て、奥の間に入った。

「な、なんと申された」

戸村が唇を嚙みながら下を見た。

「湊町の船溜まりの近くで、おそらく昨晩じゃ、今朝、漁師が見つけたらしい。無念じゃ、落命された」

亮介は顔を覆った。

「な、なんということ」

亮介は両膝をついて下を見た。

「昨日、船溜まりの様子を教えていただいたのです。それでは昨晩も一人でまた行かれたのですな」

「そのようじゃな」

「あの時、どのように言われようとも同行するべきでした。二人ならこのようなことにはならなかったでしょうに。奉行所の調べは進んでおるのですか」

「奉行所の検視では、短刀のようなもので胸を一刺しされておったということ。下手人は手掛かりもないということだ。そもそも、松岡殿が何故、夜更けにあの場所にいたのか、誰も分かるはずもない。知っているのは我々だけじゃ。下手人に心当たりがあるのも我々だけじゃ」

亮介は二人を見た。

「して、如何します。目付に訴え出ますか。今まで分かったこと全てを持って。下手人はあの一派に決まっておるのですから」

寛一郎が顔を上げた。

「そのこと、義父上と今、話していたところだ」

「それで」

「うむ、我々の今持っている中里一派の不正の証となりうる事柄、それは三つしかない。一つは松岡殿が父上の最期に聞いた『野馬別当は不正をしておる』という言葉、二つ目は屋形船に中里が石橋とともに乗っていたところを松岡殿が見たこと、三つ目は義父上が見つけた、屋形船に落ちていた馬糞である。しかし一つ目と二つ目は、松岡殿が殺められた今、証言する者がおらぬ。目付に訴え、動かすにはあまりにも弱いのだ」

亮介は肩を落とした。

「確かにそうですが」

「それに、我々が事の真相を探っておることはまだ相手には伝わっておらぬと思う。今しばらくこの身内で不正の事実を探るべきかと考えた。松岡殿には何もできず口惜しいが」

亮介が、屹っとした目を向けた。

「それで、何の手掛かりもつかめなければ如何にするのです」

二人は亮介を見た。

「次は戸村様が狙われますぞ。既に正蔵に会っているのですから」

戸村がぎくりとした顔を向けると、亮介の肩が震え出した。

「よく考えねばなりませぬ、もし父が殺されたとしたら、既に二人も奴らに殺められているのです。事は尋常ではありませぬ」

亮介の強い口調に寛一郎はたじろいだ。

「亮介、どうしたというのだ」

亮介は席を立って、再び玄関で草鞋を履きだした。

戸村が声を上げた。

「亮介殿、どこへ行かれるのだ。これから松岡殿の通夜がある」

亮介は、背中を見せたまま答えた。

「松岡殿の奥方や御子らの顔を見るには忍びませぬ故、湊の船溜まりにて一人で夜伽をいたします。奴ら、今夜も様子を見に来るかもしれませぬ。そうなれば逆に斬ってやりまする」

勢いよく門口から外へ出ると、幸江が追いかけてきた。

「亮介殿、夜伽ならば、線香ぐらいいるでしょう。それとこれは美咲から来た文です。あなたのことも書いていますので読んでやってください」

と、線香の束と文を渡した。

幸江が戻ると、寛一郎が言った。

「偵察に行く松岡殿に同行しなかったこと、よほど後悔しておるようだ。それに本来の御役の狼狩りもはかばかしくない。あのように言うのも無理もない」

湊へ向かう道は、もう日が暮れかかっていた。しかし足元の地面にたまった熱気が身体を覆うようで涼しくはなく、僅かに風が吹けば、潮の香に交じって魚の生臭さが鼻についた。

松岡は、何故死ななければならなかったのか。その事ばかりが胸をよぎった。不条理である。こんなことが許されてよいはずはない。松岡の、綻びて垢じみた着物の襟が目に浮かんだ。ただでさえ楽ではない暮らし、残された妻女と確か三人の子供らはこれからどうするのか。子供らは家督を継ぐにはまだ幼すぎた。亮介はひどい話に一人でかぶりを振った。

湊町に着いた。藤岡屋は店を閉めかけていたので、急ぎ足で店に行った。

——ここが美咲の行儀見習いに通っておる店か。

「酒をいただきたい。徳利もないので頼む」

亮介は、ついでに火種を借りて線香に火をつけた。一升徳利を提げて船溜まりが見える場所まで歩いた。宵闇が迫っている。今宵は正蔵の屋形船は繋がれていた。

——このあたりか。

松岡が落命した場所は分からないが、船溜まりがよく見える場所に亮介は腰を下ろした。酒を供え線香を手向け、手を合わせた。成仏してほしいとは願えない。無理な話である。ただただ申し訳ないと手を合わせ、詫びるのみであった。

線香は燃え尽きた。僅かな月明りの中、亮介は徳利を手に取り、口をつけた。様々なことがありすぎた。気を鎮めるにはこれが良いかと思いながら飲んだ。

黒絞りのことを考えた。人を人と思わぬあいつは、しかし仲間を大事にしているようでもあった。反して人はどうだ。狼害も人が自然を壊しているせいだとすれば悪いのはこちらではないか。さらに密馬のために偽の狼害をでっちあげているとしたら。そう思ううちに、うつらうつらとし出した。夜伽は寝てはいけないと思いながらも知らぬうちに横になっていた。

寒さで目が覚めた。空が白みかけており、鳥の声も聞こえる。漁の船は出航を始めていた。目の前の徳利は空になっていた。ぶるっと寒気がして懐に手を入れると美咲からの文があった。薄明りが差すので今なら何とか読めそうだ。

幸江への文であった。既に一人前の文が書けるようになっていて驚いた。藤岡屋での行儀見習いの件、女将さんが身重なので、子供らの守りをしていること、店では漁師相手に朝飯や昼飯も出していて、自分も手伝っており、それが楽しい等、ほのぼのとした店での情景がつづられていた。また父上から言われた件につき、浜の様子をそれとなく気にしていることも書かれていた。最後に亮介様はいろいろあって大変でしょうから身体に気をつけるように、また湊町に来ることがあれば、店に寄ってご飯を召し上がってくれたら嬉しいと伝えてほしいとも書かれていた。身体は冷えていたが、何か暖かいものに触れたような気がして、一度読んで懐に入れた文をもう一度開いていた。

しばらくぼんやりと、漁師の船が出て行くのを見ていると、すっかり陽が上り始めていた。次第に夜が明けていく様をこのようにゆっくり見たのは初めてのような気がした。昨夜よりは気持ちが穏やかになっているのが分かった。

腹が減った。気が付けば昨夜は酒以外は何も腹に入れていなかった。藤岡屋はとうに開いているはずである。亮介は空徳利を提げて立ち上がった。


朝から、藤岡屋は賑わっていた。確かに漁師町で必要な物は何でも売っている店だった。干物、乾物、味噌、醤油などの食品以外に衣類もあれば漁具も置いていた。別の入口から入れば飯屋になっていた。土間に飯台が並んで腰掛でさっと食べられるようになっている。

空いている飯台を前に腰を掛けて、炊事場を見るとひときわ背の高い女子が見え、胸にふと熱いものを感じた。夜伽明けの喪に服するべき時に女子を見てよい気になるとはもってのほかと思うのだが、人の心は深いようで案外浅い、そういうものかもしれぬ。それ故、辛いことがあっても立ち直れるのだ。

美咲と目が合って、恥(は)ずかし気な笑顔で炊事場から出てきた。

「あら、このように朝早く、如何されましたの」

「いや、実は昨夜は、この湊で松岡殿を一人で弔(とむら)っていたのだ」

美咲は、目を落とした。

「父上から聞きました。松岡様は存じ上げませんが御気の毒なことでしたね。それより私は亮介様が心配です。あまりに色々なことがあると気が疲れてしまって身体を壊すこともあると言います。無理をなさらないほうが良いです」

まるで年上女房(にょうぼう)のようなことを言った。

「昨夜全部飲まれたのですか。その一升徳利」

「そうだ。めったにこのようには飲まぬが。徳利を店に返してくれるか。それと飯を食いたい。あるものでよい」

「まあ、飲み過ぎではないですか。飲んだ後は身体が冷えると言いますので、温かい汁物でも持ってきますね」

魚のあら汁と焼き立ての鰯(いわし)、野菜の煮物にどんぶり飯が出てきた。どれも旨(うま)い。驚くほど旨い。ここの漁師らはこのように旨い物をいつも食っておるのかとうらやましくなった。

藤岡の子供らが店に出てきて美咲にまとわりついていた。すでにすっかり懐（なつ）いているようだ。

「お姉ちゃん、かいほりさ連れてって、かいほり、かいほり」

子供らは、貝掘りに連れて行ってほしいとねだっている。

「かいほりはねえ、潮（しお）が引かないとできないのよ。今日はどうかしらねえ」

美咲は壁に貼（は）ってある日付と潮の満ち引きの刻限が書いてある紙を見た。貝掘りだけでなく、漁師にとって日々変化する満潮、干潮の時刻は重要な情報だった。

「今日は五つ半（午前九時）ごろがいいみたいね。さっき五つの鐘が鳴ったから、もう少ししたら行きましょうね」

美咲が亮介を見た。

「亮介様も一緒に参りませんか」

「うむ、貝掘りなど、長く行ってないな。行ってみるか」

亮介は店で袴（はかま）を脱ぎ、着物の裾（すそ）をたくし上げ、襷（たすき）まで掛けた。美咲も裾を膝までまくり上げている。浜に出てみると既に老若男女が三々五々、集まって熱心に貝掘りを始めていた。浅蜊（あさり）のほか、たまに蛤（はまぐり）も獲れるようであった。

美咲は子らの面倒をよく見ていた。何か自分も美咲に面倒をみられている子供のような気になり、貝掘りに熱中していた。

「美咲殿、これは面白いのう、時を忘れるな」

亮介は、知らぬ間に頭の中が空っぽになるのが分かった。

四

それからしばらく、亮介は、父の残した地図を頼りに領内の山を歩いた。山を知らなくして狼狩りはできないと思えたからだ。松岡を殺した者も探さねばならないが、御役目をお座なりにするわけにはいかない。黒絞りによる狼害は、じつは想定より少ないかもしれない。それでも人の子が殺められている。やはり、黒絞りは、狩らねばならなかった。一人で狩りはできないが、次の狩りのために連なる山々の形を自分の脚で把握することが重要と考えた。猟師抜きで狩りをするならば、自分が猟師と同じぐらいに山を知らなくてはならない。父は地図を作るほどに山を知っていた。それを見習えばよいと思えた。そこに狩りの手掛かりはつかめるかもしれない。

――猟にはやはり仲間がいるな。

猟師らがあてにならないのであれば、あとは家中で鉄砲を使える者を探すだけである。

亮介は兄、寛一郎に相談してみることにした。松岡の通夜の日以来、野馬別当の件に関しては戸村と兄に任していた。

「兄上、狼狩りの件ですが、家中で鉄砲を使える者をご存じですか」

「いよいよ狩りか。猟師抜きでとなると厳しいな。鉄砲を使える足軽はいくらでもおるが、鉄砲ではなく、弓矢はどうだ」

「弓矢ですか」

「うむ、鉄砲は一発で仕留めることはできるが、外してしまえば次の射撃まで時間がかかる。獲物は散ってしまう」

「確かに。一回目の狩りがそうでした。最初の一発だけの勝負になります」

「弓矢なら、次々と射ることができるぞ。ただし練達の技が必要だがな。技に抜きんでた足軽を一人知っておる」

亮介は、思ってもみなかった。しかし、古来より巻狩りなどは弓矢で獲物を仕留めていたのだ。できぬはずはない。

「その足軽の名、教えていただけますか」

「うむ、番方におる竜二と言うものだ。以前、講武所で何度も一緒に稽古したものだ」

亮介は、上役の石井に、番方の竜二という足軽に暫時、狼狩りを助けてもらえるように願い出た。竜二は普段は講武所で足軽に弓の指導をしたり、講武所の雑事をするのが御役であったが、番方からは既に牧の番などで足軽を出しているので難なく了承が得られた。

竜二とは、城の講武所で待ち合わせた。お互いなじみの場所である。寛一郎は、是非竜二に会って挨拶し、二人を引き合わせたいと言った。寛一郎はこの頃は家の周りを歩くことができるようになったので、杖を突きながら亮介とともに城まで歩いた。薬草のお蔭か、病気は相当回復しているように見えた。あるいは父の無念を晴らすという新たな目標ができたことも大きいかもしれない。

竜二には、山中という姓はあったが、身分上名乗ることはできなかった。歳は亮介と同じで、見るからに頑丈な身体をしていた。

「岩泉様、此度は大事な御役に声をかけていただき、有難きことに存じまする」

竜二の方から頭を下げた。

寛一郎は竜二の肩を叩いた。

「この御役、お主より頼りになるものはおらぬ。拙者はこのように病で御役が務まらぬ故、この弟の亮介を是非助けてやってくれ」

亮介も声を掛けた。

「狼を獲る仕事だ。番方総出の巻狩りでも老いた狼一匹しか獲れなかったがな、腕と知恵があれば獲ることはできると信じておる。詳しいことはおいおい話すが、早速明日にでも山へ参ろう」


次の日、亮介は竜二と山へ入った。最初は狼狩りをするつもりはなかったが、竜二は一応弓を提げていた。

黒絞りを撃ち損ねた場所、また猟師らの話から、過去に黒絞りを見た場所が分かっているので、おおよそ黒絞りの群れの縄張りが想定できた。竜二との最初の猟は、黒絞りの縄張りは避けようと考えた。まずは竜二と自分が猟に慣れなければならない。いきなり黒絞りは手ごわすぎる。並みの狼をまず仕留めることだ。したがって別の山で猟をすることにした。猪鹿の棲む山ならば必ず狼も棲む。それほど山奥に行かなくともよい。

「動くものを射たことはあるか」

竜二はにやりとして答えた。

「山で鳥獣を勝手に捕えるのはご法度ですが、こっそり仲間と弓矢を使って兎狩りをしたことは何度かあります」

「獲れたか」

「獲れました。飛び立つ雉を射たこともあります」

「それは頼もしい」

亮介は竜二に猟の手立てを教えた。最初の猟と同じように鹿肉を置き、狼を呼び寄せる方法にした。昼から山に入り、夕まずめを狙う。夜更けまでは粘らず、すっかり日が暮れたら山を下りる。

「明日から毎日山に入る。よいか」

「承知にござる」


次の日からいよいよ二人の猟が始まった。場所を決め、どこに餌を置き、どこから弓で狙うかを決めた。ほかの獣が餌の肉を引いていくことも考えられるので縄で餌の肉を縛り、縄のもう一方を立木に縛った。

やがて夕闇が迫ってきた。二人はそれぞれ木の陰から餌を凝視した。最初にテンが現れ、肉をむさぼりだした。その後狸が現れた。そのあたりから暗闇でよく見えなくなった。空が曇っていて月明りがない。その時、テンと狸がさっと逃げるようにいなくなった。二人に緊張が走った。狼が近づいたのではないか。やがて足音だけが迫ってきた。数匹の狼か。竜二が弓を引いた。餌を食う音が聞こえたが、そのあたりは全く見えない。竜二は餌のあるあたりをおおよそ狙って矢を放った。何かに刺さった音がすると同時に数匹の獣の逃げる足音がした。

亮介は持ってきていた小さな小田原提灯に火をつけ、近寄った。よく見ると餌の傍の木の根に矢が刺さっていた。

竜二が悔しそうな声を上げた。

「申し訳ありませぬ。外しました」

「暗闇故、仕方がない。しかし惜しかったではないか、敵はこの暗闇だな。今日のところは引き上げよう」

帰り道、歩きながら亮介が思いついて立ち止まった。

「そうだ。龕灯を使えばよいのではないか。龕灯は蓋ができる。狼が現れたときに、わしが蓋を開けて照らすのだ。同時に矢を放つ。できると思うか」

「ふむ、狼が光に驚いて逃げる前に射止めるのですな。面白い。やりましょう」

次の日、亮介は目付の詰所で龕灯を手に入れ、再び二人で山に入った。昨日の場所は避けて、少し離れた場所にした。龕灯は、片側が開口した筒で、光源に蠟燭を使うが、中に鉄の輪を二重に組んであり、どのような向きにしても中の蠟燭は立ったままで倒れないという優れた道具だった。亮介は日が暮れかかるころに龕灯に火をつけ蓋をした。

昨日と同じように最初は狸がやってきたようだが、すでによく見えなくなっていた。まもなく狸の逃げる音。

――来るな。

亮介はじっくり待った。狼がしっかり捕食を始めてからでなければ逃げられ易いであろう。竜二も弓を構えた。竜二は普段は十五間半（約二八メートル）、離れた的を射る稽古をしている。十間ほどの距離ならば外すことはない。

龕灯の蓋を開けた。光に照らされた狼は二匹。振り向いた目が光った。その刹那矢が放たれた。一匹の胴部に矢が刺さったのがはっきり見えた。しかし、狼はそのまま逃げた。亮介は龕灯を照らしながら後を追いかけた。しかし狼は闇の中に消えた。

竜二は、悔しがった。

「兎や雉ならば一矢で射止めることができますが、狼は一矢では無理なようです。分かっていれば、もう一矢放てたのですが。慌ててしまい、二矢目を放てませんでした。申し訳ござらん」

「よいではないか。初めて狼を射ることができたのだ。あの狼、そう長くは生きられぬであろう。明日には死ぬるかもしれぬ。明日このあたりを探そうではないか。出直そう」


次の日、日中に昨晩の狼を探したが見つからなかった。

「あきらめて場所を変え、今日の獲物を狙うか」

竜二がにやりと笑った。

「今日は矢に工夫(くふう)をして参りました」

「どのような」

亮介が興味を示すと、竜二が一本の矢を取り出した。

矢の手元側、矢羽根(やばね)の尻(しり)のところに小さな鈴がついていた。

「一矢目にこれを使います。矢が刺さったまま逃げた場合、鈴の音で獲物の行方が分かるはずです」

「なるほど、それは良いではないか」

二人は、猟の手順にも慣れてきたので、今日こそは獲れると確信を持っていた。それにこの山には思ったより狼が多く棲むようだ。

いつものように餌を仕掛け、亮介は龕灯を構え、竜二は鈴付きの矢を慎重に構えた。今宵も狼はやってきた。昨夜より大きな奴だ。龕灯に照らされた狼に矢が放たれた。そのまま逃げたが鈴の音がする。龕灯をその方向に向けた。竜二も走り出し、二矢目を放った。これも見事に射止めた。狼は動けなくなった。

「遂にやったのう」

暗闇ではあるが、二人は顔を見合わせた。それから狼にとどめを刺した。並みの狼にしては大きな雄であった。

狼の脚を縛り、太い木の枝を通して二人で担いで山を下りた。たいそう骨の折れる仕事であるが、疲れはなかった。同じ目的を持った仲間というものは良いものである。亮介はすでに竜二のことを十年来の知己のように感じていた。

二人はこの方法を続けて、数匹の狼を捕らえたが、問題が起きた。餌になる猪鹿の肉がそう簡単に手に入らぬのである。

猪鹿の肉は猟師らを頼っていた。百姓が鹿や猪に畑を荒らされ、駆除の依頼が役人に伝わると、猟師が動き出し、獲物を得る。しかしこの肉はすぐに腐るため、早々に解体され、火を入れて村の者や漁師が食べてしまうのである。塩漬けされる場合もあるが、狼狩りの餌としては大きめの生肉が良い。そう毎日、潤沢に手に入るものではない。

二人は、魚を使ってみたが、狸に全部食べられてしまった。これも竜二が良いことを考えた。

「山に肉はいくらでもあるではないですか」

「どこにあるのだ」

「狸を捕らえればよいのです」

「なるほど」

亮介は膝を打った。猪や鹿を獲るのは困難だが、狸ならば。

それからは、まずは魚を使って狸をおびき寄せてそれを竜二が射止める。その死骸を餌にした。魚は狐も好きであり、狐が獲れることもあった。新しい獣の餌は血の匂いで狼が集まりやすい。狼は肉よりも新鮮な獣の内臓が好物である。晴れた月夜ならば龕灯は要らぬことが分かった。また竜二は腕を上げ、狼の首元を狙い一矢で射止めたこともあった。

それでも不猟の日が続くこともあり、また雨にやられて散々なこともあった。しかし二人は根気よく猟を続けた。


毎日のように狼を獲ってくる亮介に家中の者らは驚きを隠せなかった。さらに猟師の力を借りず、足軽と二人だけで獲ってくるという噂も広まった。

「此度の狼狩りは、ようやっておるではないか」

目付の石井は、人にそう言われる度に、

「わしが見込んだだけのことはある」

などと笑みを浮かべていた。


噂を聞いた中川が酒をもって岩泉家を訪れ、嬉しそうに言った。

「亮介殿、狼狩りがうまくいっているようで、今日は祝いに参ったぞ。猟師抜きでやっておるそうだな。大したものではないか」

「黒絞りの縄張りは避けて並みの狼をまず獲ろうと考えました。相棒の竜二という足軽が、弓の達者（たつしゃ）故、助けられております」

「何匹獲ったのだ」

「八匹は獲りました」

「ここ半月ほどであろう。八匹はすごいものだな」

亮介は頷いた。

「自分でも驚いておりますが……」

そう言いながらも何か浮かぬ顔の亮介に中川が問う。

「どうした」

「狼をこのまま獲り続けるのが正しいのでしょうか」

亮介は考えていたことを中川にぶち撒(ま)けた。

「うむ、それは難しいな。しかし人身にまで被害が及ぶ以上、ある程度は少なくなってもらわねばならぬだろうのう」

「……ありがとうございます」

亮介は頭を下げて話を変えた。

「ときに先生、新しい猟を考えました。是非ご助力賜(たまわ)りたいのですが」

中川は興味を示した。

「どういう猟じゃ」

「牧で狼害があったときに、馬は食いつくされるものではありません。その死骸はもったいないと思うのです。そのまま牧の別の場所に持っていき、別の狼らをおびき寄せる餌とするのです。竜二の弓矢で仕留めます」

「なるほど、面白そうではないか。では今度、南の牧で狼害があったときは、使いを出して知らせよう」


後日、朝方に中川より知らせがあり、亮介は竜二とともに牧に駆けつけた。昨晩襲われた馬は、はらわたを大方食いつくされていたものの、肉の方は残っていた。狼らは腹がいっぱいになれば帰るのだろう。

「荷車で運ぶか」

中川がそう言って、野守らに手伝わせ、その馬の死骸を荷車に載せ、かなり離れた柵の近くに放置した。

「これだけ大きな餌は、初めてですな」

竜二が感心した。

当然、蠅がたかり始めているが、狼は少々腐敗した肉も食う。

亮介が竜二に言った。

「この場所なら黒絞りの群れが来るかもしれぬ。そのつもりでな」

竜二はごくりと生唾を呑むようにして頷いた。竜二はまだ黒絞りを見たことがない。昼に狼が来ることはめったにないが、野守に番をさせ、夕刻に再び三人で集まった。それぞれ柵の外の木陰から様子をうかがった。夕闇が迫り、やがて陽が落ちた。

暗闇に目を慣らし、辛抱強く待った。ここであれば山を下りて帰る必要がないので気が楽であった。やがて匂いにつられてか狼らがやってきた。亮介は注意深く狼らの影の大きさを確認した。どうやら黒絞りはいないようだ。それでも五、六匹は忍び寄ってきているようであった。

竜二がゆっくり弓を構えた。

亮介は、龕灯を構えて蓋を開けた。ほぼ同時に矢が放たれて一匹の首元に刺さり、狼が悲鳴を上げた。間髪入れず、竜二は第二矢を放った。これが別の狼の胴に命中した。さらに三矢目もその逃げる狼に刺さった。動転した他の狼はあっという間に闇に消えた。

中川が叫んだ。

「お見事、一時に二匹とは大したものじゃな」

亮介も興奮した。

「一夜で二匹獲れたのは初めてだな。竜二、見事な連射、よくやった」

竜二も嬉しそうな顔を見せた。

「これだけ獲物がたくさん集まると二匹射止められるのではないかと、とっさに思いました。大きな餌の威力ですかな」

夏は終わろうとしていたが少しずつ、狼狩りは上達している。しかし空を見上げた亮介は、また浮かない顔になっていた。

「だがこのままではあの黒絞りは射止められん」

五

その日は明け方からの雨模様で猟は休みにした。亮介が家で地図や書付を整理していると、日付の書かれた紙が出てきた。

以前に中川が、北の牧で狼害があった日を書きだしたものを自分が写したものだった。亮介は、しばらくその日付を眺めてふと気になることを思いだした。

——久しぶりに藤岡屋に行って昼飯でも食うか。

亮介は番傘(ばんがさ)を差し、下駄(げた)を履いて湊町へ足を向けた。さすがにこの雨では漁師も休みなのか湊町は人通りも少なかった。藤岡家の飯屋の入り口から入ると、客はおらず、美咲が子供らと遊んでいた。亮介に気づいた美咲は、赤らめた顔を向けた。

「あら、亮介様、嬉しいですわ。今日はこちらで何かあったのですか」

亮介は、苦笑いした。

「いや、美咲殿の顔を見に来ただけだ」

「まあ」

美咲は両手で頬を押さえた。

「実はこのところ、竜二という弓を使う足軽と狼狩りをするようになってな。これが非常にうまくいく。大した男なのだ」

嬉しそうに話す亮介に美咲は頬を膨らませた。

「どうした？」

「私に会いに来てくださったのではないのですか？」

慌てた亮介に美咲は笑みを返した。

「その竜二さんという方、随分と信頼されているのですね」

「ん？」

「亮介様の顔が、いつになく穏やかなのです」

亮介は頰を搔きつつ美咲を見た。

「昼飯を食いたいのだが」

「はい、はい」

亮介は、飯台を前にして床几に腰を掛け、店の中を見渡した。前に貝掘りをした時に美咲が潮の引く刻限を確認した紙を見た。

「美咲殿、飯の前にちと聞きたいことがあるのだが、この潮の干満の刻限は、毎月変わるのか」

「潮の満ち引きは毎月、同じ日はだいたい同じ刻限になりますよ。日によって変わるけど、月によって変わることはあまりないと聞いてます」

亮介は合点がいった。

「毎月の日付けは月の満ち欠けで決まる。十五日は満月、一日は新月とおよそ決まっている。つまり月の満ち欠けで、この湊の満潮、干潮の刻限が決まるということだな。ふむ、なるほど、毎月同じ日は、同じような潮になるということだな」

亮介は懐から北の牧の狼害日が書いてある紙を出し、それらを見比べた。

「十四日と二十八日か……」

亮介は、その紙を見てはっと目を見開いた。

「そういうことか」

十四日と二十八日は、どちらも満潮時間が九つから九つ半（午前零時から一時）になる日であった。そのうちひとつの日付はほとんどの場合、北の牧に狼害がある日になっている。

――密馬は満潮が、真夜中の九つごろになる日に行われたのだ。これにはそうしなければならない理由があるに違いない。

「美咲殿、役に立った。かたじけない」

亮介は出された昼飯を食いながら、これは中川に伝えなければならないと考えた。

もう少し美咲と話がしたいと思いながらも気持ちが焦る。

美咲が飯を食い終えた亮介に小さく声を掛けた。

「亮介様、実は私からもお話ししたいことがあるのです」

「なにかな」

「二階の私が使っている部屋へ来ていただけますか」

「いや、すまぬが急ぐ」

「御役目にかかわりのあることかもしれないのです」

「それならば、聞くが」

亮介は、何の話かと思いながら美咲について二階へ上がった。

赤子の声がした。

「実は女将さんが臨月になられてから、私も御子らの世話でこの二階のお部屋に泊まらせてもらうことが多くなったのです。そして昨日産気づかれ、夜に四番目の御子がお生まれになりました。無事に安産でしたので、一段落してこの部屋で寝ようとしたのですが、初めての御産に立ち合い、気が高ぶって寝つかれません。それでこの窓を開けましたところ……」

美咲は窓を開けた。雨は上がったようだった。その窓からは、浜からは右手に見える小さな半島のように突き出た岬がよく見える。岬に至る地形は山であり、緑が海の傍、岩礁のところまで迫っている。その岬より先の様子は浜からは全く見えない。入り組んだ岩礁の続く険しい海岸と聞いていた。

「静かなよく晴れて星のきれいな夜でした。その時、波の音に交じってかすかに馬の鳴き声が聞こえたのです。あの岬の山からです。二度、三度と聞こえましたので間違いありません。目を凝らしてみますと、松明のようなものが光っているのも見えました」

亮介は仰天した。

「それは真か。昨日か」

「昨日、七月二十八日の夜ですわ」

やはり、二十八日、北の牧での狼害の日を確認せねばならないが、間違いないだろう。七月は二十八日にあったのだ。

「九つごろか」

「おそらくその時分です。父から内密の話は聞いておりましたので、馬の声を聞いた時は本当に、胸が高鳴ってしまい、早く父に伝えなければと思いましたが、今日亮介様に伝えることができてほっとしております」

亮介は、思わず美咲の手を両手で握りしめた。

「美咲殿、よくぞ教えてくれた」

美咲は突然のことに驚いて手を引っ込め顔を紅くした。


帰宅して、中川と戸村宛に今宵岩泉の家に寄り合っていただきたい旨（むね）の文を書き、下僕（げぼく）を遣わした。

その夜、久々に松岡を除く四人が集まった。亮介は皆の前に紙を出した。兄と戸村は、それを覗き込んだ。

「これは、中川先生に書き出していただいた北の牧で狼害のあった日、つまり先生が検視をしなかった狼害の日であります。過去一年、先月までの記載です」

亮介は中川を見た。

「そして先生、昨日、二十八日、狼害があったのではないでしょうか」

中川が驚いた顔を向けた。

「た、確かにそうだが、誰かに聞いたのか」

「いいえ、その一連の日付の周期が分かったのです」

皆が亮介を見た。

「これは、この湊の満潮が夜中の九つ頃になる日に一致するのです。それが毎月の十四日と二十八日なのです」

中川は、目を見開いた。

「何、宵の九つに満潮の日、そういうことだったのか。よくぞ気づいたな。確かに七月は二十八日に北の牧に狼害があった」

亮介が戸村を見た。

「美咲殿がおられる藤岡屋の飯屋に潮の暦があったのです。それで気がつきました」

戸村が感心した。

「なるほどのう。北の牧の狼害の日が偶然に毎月その日になることなどありえん、やはり偽の狼害が混じっていることには違いない。しかし何故潮の満ち引きと関連するのだ」

「そのからくりは、今は分かりませぬ。ただもう一つお伝えしたいことが」

亮介が父の地図を開き、ある場所を指した。

「美咲殿が二十八日の夜中、浜から見えるこの岬の山から馬の声を聞いたというのです。さらに松明のような光も見えたとのこと」

「な、なんと」

皆が顔色を変えた。

「皆さま、このことどう思われますか」

寛一郎が唸った。

「うむ、やはり、夜間に密馬は行われていたとみるべきか。あの浜でなく、あの岬の向うになるのか」

中川が首を傾げた。

「その山は、入り口になるようなところ一帯が足の踏み場もないようなひどい藪で、蝮も多いらしく、以前に自然薯掘りに藪に入った者が蝮に噛まれて命を落とした。それ以来、誰も近寄らん。馬が通れるような道があるのだろうか」

戸村が太く息をついた。

「ひとまず、行ってみるしかなかろう」

六

亮介は朝から竜二を連れて岬の山に行ってみた。

「岩泉様、こんな小さな山に狼がおるんですかな」

竜二が不思議そうに言った。

「いや、狼はおらぬであろうが、蝮はおるらしいぞ。どこかに取り付けそうな登り口があるのかを見てみたいのだが」

中川の言うように山の裾野(すその)のいたるところが藪である。放置された木々の間にさまざまな草が生(お)い茂り、樹木にツルとなって絡みつき葉を茂らせる。枯(か)れたツルの上にさらにまた新しいツルが絡みつく。人を寄せ付けないほど密に茂ったとげのある低木、足元に蝮が潜(ひそ)んでいる。陰気な藪であった。しかしこの藪は山の中腹まで続くわけではなく、あくまで裾野だけを覆っているように見えた。

「入りたくないですな。この藪には」

竜二がうんざりした顔をした。

亮介は、一通りは見てみたが、登り口となりそうな場所は見当たらなかった。

「どうも無理なようだな。日を改めるか」

その藪は、人を拒絶しているようであった。


「では、今日も狼狩りに参るか」

「参りますか」

二人はいつものように山に入った。しかし狼は獲れなかった。龕灯を照らす前、弓を射る前に逃げられたのだ。竜二には初めての経験だった。

亮介がつぶやいた。

「並みの狼でも賢い奴はいるのだな。弓を射る気配を勘づかれたのだ」

そのうちぽつぽつと雨が降り出し、やがて本降りとなった。

雨を避けるため、二人は大きな木の下で身を潜めた。それでも雨は身に降りかかる。

「これでは、帰れぬな。雨が止んだとしても下り道は、足元が心もとない。夜が明けるまでここで野宿とするか」

この雨では焚火もできない。二人は濡れ鼠になりながら、しゃがみこんだ足元に龕灯を置くと、お互いの顔だけは分かった。その光に手をかざして、持参していた握り飯をほおばった。

「戦国の世の負け戦で敗走する時とはこういうものであったのかのう」

竜二は濡れた顔で頷いた。

「確かに負け戦、こんな時でも握り飯は旨いですな」

亮介は苦笑した。雨足が収まりつつあった。

「ここで夜を明かせば身体が冷えてしまいます。ここに来る途中に確か洞穴のようなものがありました。あそこまで行きますか。焚火ができるかもしれませぬ」

亮介もここにいるのは辛かった。

「雨も上がりそうだ。そうするか」

二人は龕灯の光を頼りに慎重に道を進み、竜二の言う洞穴まで戻った。竜二は途中で薪にできそうな木を集めた。洞穴は何とか二人ぐらいは雨露をしのげそうである。竜二は、雨に濡れた木でも焚火を起こすすべを知っていて、器用に薪を組んだ。火種は龕灯の火があるので問題ない。細い木から火をつけ、周りに太い木を立てかけて乾かす。次第に煙が上がり出した。

「竜二、うまいものだな」

「仲間と兎狩りに来て、山で夜を明かしたことも何度もあります」

火の勢いはもう大丈夫というところまできた。

しばらく二人で火を見ていた。

「竜二、既に勘づいておると思うが、俺は家中のある不正を探っておる。いずれお主には話さねばならないと思うておった。詳しいことは今は言えぬが、目付が牧の狼害と数えておるもののいくつかは、狼のせいではなく密馬によるものだと睨んでいる。狼ではなく、密馬によって野馬が減っているのだ。これを突き止め、一方でまた真の狼害を起こしている黒絞りの群も仕留めねばならん」

竜二は、あまり驚かず答えた。

「いずれも、狼害を減らし、野馬を守る、つまりは狼狩奉行の御役目と考えればよろしいのでは」

亮介は竜二を見た。

「なるほど、野馬を守るという点で同じ御役目と言うことか」

「この御家中で今それができるとしたら亮介殿だけかと。隣で見ていてそれは分かります」

「では、まずは本業の狼狩り、どうすれば黒絞りを射止めることができると思う」

「黒絞りに関しては完全に人の気配を消さなければいけないのでしょうが、今日の経験で今の自分にはまだ無理だろうというのは分かります。黒絞りは今日の狼よりさらに賢いのでしょうから。特に狼らは死肉を食う時はかなり慎重になっていると思います。逆に、狼らが狩りをしている最中、例えば牧の馬を襲っている時はそちらに気がとられているので、簡単に射止めることができるのではないでしょうか」

「しかし、あの広い牧、何処に現れるか分からないのだからな」

「そうですな。とにかく広い」

「うむ、何か手はないか。鉄砲、弓以外で」

竜二は首を傾げた。

「狩りに達者な猟師の手を借りなければ難しいのでは」

「やはり猟師か。この領地にほかに猟師はいないものか」

「猟師は、あの蛭谷にしかいないのですか」

「寄り合って住んでいるのは、あの在所だけだが、他にもおるやもしれぬ」

薪がはじけて音を立てた時、竜二がはっと顔を上げた。

「そういえば、今思い出しました。子供の頃に父から聞いたのですが、その昔この領内に狼狩りの名人がいたと。しかし罪を犯してお縄になり、二度と猟ができなくなったとか」

亮介も顔を上げた。

「それはどれぐらい昔の話だ」

「わかりませんが、父の話ではそれほど昔の話ではなく、今からだと二十年ぐらい前ではないでしょうか」

亮介は興味を示した。

「それならその猟師、まだ生きているかもしれぬな。猟はできないから蛭谷の在所からは抜けたかもしれぬが」

「そうですな」

「猟師が罪を犯したとなると、取り締まるのは、誰になるのか。やはり郷目付になるのか。されば戸村様に調べてもらうことができるかもしれぬ。そんな腕の立つ猟師なら、いい知恵があるのではなかろうか。今何をしているのか知りたいものだ。帰ったら戸村様にお願いしてみるか」

第二章
岬の夜

一

亮介は竜二から聞いた二十年前に罪を犯して御縄になったという狼取りの名人と言われていた男について戸村に調べを依頼した。

その日、岩泉の家に戸村が調べた結果を持って訪れた。興味を持った中川も同席している。

亮介が挨拶した。

「戸村様、此度は無理なお願いで御手を煩わせ、申し訳ありませぬ」

戸村は顔の前で手を振った。

「亮介殿の大事な御役のこと、わしで役に立つことがあれば何でも言ってくだされ。いろいろ聞いておる。今、狼狩奉行の仕事は家中でも目を引くものとなっておるからな。亮介殿は大変な活躍だが、その黒絞りとかいう狼の頭目には手こずっておるのだな。そこで腕のいい猟師は、おらぬかということか」

亮介が頷いた。

「蛭谷の猟師らは、黒絞りを大いに恐れ、もはや腰が引けてしまって役には立ちませぬ。その男のことは、足軽の竜二より聞きました」

戸村は茶を一口飲んだ。

「うむ、その男の話はわしももとより聞き知っていたのだが、此度しっかり調べてみた。その者は、蛭谷に住んでおった権蔵という腕利きの猟師だ。たいそうな変わり者だったらしい。いつも一人で猟をしておったようだ。狼だけでなく、猪、鹿も獲った。しかしあまりに獲りすぎた。勝手なる狩猟は重罪じゃ。おまけに権蔵の持つ銃の中に藩庁の焼印のない火縄銃も見つかってな。これもご法度じゃ。一旦お縄になったが、狼を多く駆除した功もあったので、すぐに放免となった。ただし火縄銃は取り上げられて、二度と狩猟はできぬ身となった」

亮介が聞いた。

「沙汰が下されたのはその男がいくつぐらいの頃ですか」

「その時分で三十半ばぐらいだ。今は、五十半ばになるが生きているようだぞ」

亮介がにじり寄った。

「その男、今はどこで何をしているのですか」

「うむ、蛭谷にも居辛くなったのか、山中に一人で小屋を建てて住んでいると聞いた。特に生業はない。御犬腐れで、生きているという噂じゃ」

「オイヌクサレ……？」

亮介が怪訝な顔で問うと戸村は苦笑いした。

「オイヌは、狼のことじゃな、クサレは、食い残した肉よ。つまりは狼の食い残した鹿などの肉を食って生きているということだ。信じられん話だが」

中川が驚いた。

「狼の残した肉は、テンや狸などの山の鳥獣が食いに来るはずです。その前に見つけなければならない。それは、山と狼の行動を知り尽くした者にしかできないことですな。その者ならば黒絞りやその群のこともよく知っているのでは」

亮介も頷いた。

「いかにも、その男なら、黒絞りを獲るための何らかの策を見いだせるかもしれません。会ってみたいものです。蛭谷の者らに聞けば、権蔵の住処はわかりますか」

翌日、亮介と中川は、竜二も連れて蛭谷の喜助を訪れ、権蔵の住処を聞き出した。

亮介が喜助に頼んだ。

「道を間違えてはいけぬ故、一緒に行ってくれぬか」

喜助は顔をしかめた。

「あの親父には会いたくねえべ」

そう言って嫌がったので、仕方なく三人でその場所へ向かった。罪人になったというだけでなく、権蔵は蛭谷の者らにはあまり好かれていないようだった。

喜助に聞いた山道を一里近くも歩くと、やや開けた場所になり、そこに板葺きの粗末な小屋があった。小屋の軒下で男が一人で何やら作業をしていた。見れば、蝮の皮をはいで、軒に吊るしている様子だった。三人の武家に気づいたその男は、訝し気に亮介を見た。亮介が軽く辞儀をして男に近づくと、男は手を止めた。

「おらに何か用があるがか?」

痩せてはいるが、五十半ばにしては背筋が伸びて屈強な身体に見えた。山を歩くにはこれぐらい痩せている方が良いと思えた。近づくと少し獣臭い匂いがした。

「権蔵殿とお見受けする。卒爾ながら某は、狼狩奉行の岩泉と申す。こちらは馬医の中川先生と足軽の竜二、今日は頼みがあって参った」

男は手が離せそうに無かったので亮介ら三人は小屋の前にあった石に腰を下ろした。

「その仕事が終わるまでここで待っておる。急がずともよい」

権蔵は、ぷいと横を向いて仕事を続けた。

亮介は、話に入る前に権蔵の生活を少し知りたくなった。

「その蝮はどうするのか」

権蔵は手を休めず口を開いた。

「乾かせば薬になるがで、秋口に商売人が買いに来る。村の者らにも分けてやっとる」

オイヌクサレだけで生きているわけではないようだった。川魚や蝮を獲るぐらいは、狩猟のうちには入らぬと見られていた。兄の薬も猟師の話では、薬草のほか、蝮の粉も入れると聞いた。これのおかげで兄の調子が良くなってきている。この男の仕事に信用がおける気がした。

「いい稼ぎになるのかね」

「おらは、銭はいらねえんで、味噌や塩、米麦と換えてもらってるべ。米はめったにあたらんがな」

変わり者と聞いていたが、話をしないわけではなさそうだった。男は、蝮の始末を終えると、近くの小流れで手を洗い、首にかけた手拭で手を拭きながら石に腰を掛け、うつむき加減に亮介の顔を見た。

「狼狩りの話か」

男は自分から話を切り出した。

亮介と中川は、藩牧が黒絞りと呼ばれる賢い狼の頭目率いる群の被害にあっており、毒餌は使えず、番方による巻狩りも無様な結果になったことを伝えた。また竜二と二人でこの夏、十四ほどの狼を獲ったが、黒絞りには気配を悟られてしまうだろうから敵わないと感じていることも伝えた。権蔵は、目を落としながら黙って聞いていた。

「……そういうわけで、どうしてもあの黒絞りと呼ばれる頭目を獲らねば、藩牧の被害を減らすことはできぬ。権蔵殿の力を借りたいと考え、ここに参じた次第。蛭谷の猟師にはもはや黒絞りと相対する気概がある者は一人もおらぬ」

権蔵は、ぼそりと言った。

「黒絞りは賢い狼だべ」

「やはり黒絞りを知っておるのか」

中川が聞くと権蔵は顔を上げた。

「四、五年も前か、奴がまだ若い狼だった時分、朝方にこの小屋の前さ来た。妙な声がするで、何がと思って表さ出ると、黒い文様がある若い狼がおった。今のように大きくはねえ。それが口ば大きく開けて犬のようにこっちば向いて懐くようにした」

三人は話に聞き入った。

「何がと思って口の中ば見ると、魚の骨が刺さっておった。人が捨てた魚の骨ば食い漁ったのかもしれんな。おら、箸ば使って骨を取てやった。すたら、いい声で吠えてそのまま山さ帰った。奴は、おらであればこの喉に刺さった骨ば取れると知ってたのだ」

中川がため息をついた。

「狼がそこまで賢いとは驚いた」

竜二も小さくかぶりを振った。

「狼が犬のごとく人に懐くようにするとは信じられませぬ」

権蔵が続けた。

「それから奴は、群れのあだま（頭目）さなった。この山ん中で何度も見たが、見るたびに大ぎくなっとった。それから別の群にもかがわっていき、今は三つほどの群れのあだまだべ」

亮介も息を呑んで聞いていたが、改めて尋ねた。

「そこまでご存じとは。権蔵殿、貴殿より頼れる者は、もはや領内におらぬ。あの黒絞りを獲る手立てはあると思われるか」

権蔵はしばらく思案した。

「黒絞りは、だがら、人は殺さねえ。子供の件は、黒絞りのせいではないべ。おらはそう思う。それでも奴を殺すか」

「それが拙者の御役ゆえ」

権蔵は頷いた。

「毒も、鉄砲も使えんとなると、ヒラ落としでもやってみるべか」

「ヒ、ヒラオトシとは、どういうものだ」

亮介が興奮気味に聞いた。

「獣を落として獲る穴だべ。黒絞りは用心深い。そんな罠かからんだろうが、群れの子狼がかかるかもしれん。あの群の子狼は、みな黒絞りの子だ。子狼が危なくなったら母狼が助けるもんだが、おら、黒絞りが子狼を助けるのを見たことがある。黒絞りがもし、穴に入ったらその時、上からタテで突く」

タテとは、猟師の使う銛に似た道具のことであり、なんとも勇ましい狩猟である。

話しながら、権蔵の目が光った。眠っていた狩猟の本能がむくむくと起き上がってきたようだった。

亮介が尋ねた。

「穴の傍に餌を置くのか」

「むろん、置くべ」

「やはり鹿肉か」

権蔵は、かぶりを振った。

「猪を二匹、はらわた付きでまるまんま使うべ」

これ以上贅沢な餌はない。

「わ、わかり申した」

亮介は中川と顔を見合わせ、中川が言った。

「わしらで、是非そのヒラ落としをやりたいと考える。しかし権蔵殿、わしらは、どこにどのような穴を掘ればよいかがさっぱりわからぬ故、是非力貸してくれんかな」

「大きな穴掘りには人足が要りますな。人足なら某が何人でも集めてきます」

竜二も言った。

権蔵は、三人を見て静かに言った。

「せば、やってみるべか。黒絞りば獲れるかどうかは運次第だがな」

城下に戻った亮介は早速、念のために目付や郡奉行に掛け合い、権蔵が狼に限っては猟をすることを許す証文を取り付けた。しかし目付衆は、あれだけ大掛かりな巻狩りでも獲れなかった大きな狼が、オイヌクサレで生きているような老いぼれた男に獲れるはずがないと誰(だれ)も期待はしなかった。

二

亮介と中川、竜二の三人は、権蔵とともにヒラ落としの穴掘り場所に下見に来ていた。権蔵は狼の通り道を知っていた。その道は鹿や猪も知っていて、まず通らないので他の獣が穴にはまることはないという。その場所は、亮介が地図の上で想定していた黒絞りの群の縄張りの中であった。その道の少し開けた場所に穴を掘ることになった。その両側に餌として猪二匹を置く段取りだ。

権蔵によれば、狼は、夜間、特に夕刻と明け方に活動することが多いので、日中に一日で掘ってしまう方が良く、穴は深く、底は楔(くさび)形にして落ちた狼が身動きの取れないように丁寧(ていねい)に掘るということだった。穴を掘る場所も大きな木の根が無いところを慎重(しんちょう)に選ばなければならなかった。

「穴ができれば、夕刻から明け方まで一晩中、待機せねばならぬな」

亮介が聞くと権蔵は頷いた。

「んだな、常の狩りならば、朝方さ見に来ればよいが、黒絞りならどんな穴でも駆け上がりかねん。その場で始末ばつけねばなんねえ」

「猟の布陣は何人ぐらいがよい」

「できるだけ少ねえほうが良い。奴ら、人の気配さすぐに分かるでな」

「鉄砲は使うのか」

「いや、知っての通り、奴ば火縄で撃つことは難しい。お奉行は、槍（やり）ば達者（たつしゃ）だと聞いたが？」

「槍なら遣えるが」

「せば、槍ば提（さ）げて控（ひか）えてくれ。今までの狼狩りは弓矢と聞いたが」

「竜二の弓で獲った」

権蔵が、竜二の方を見た。

「せば、あんた、弓ば頼む。もう一人弓矢ば達者な者がいるな」

「分かった。何とかする」

権蔵の考えは、できる限り少数精鋭にしたいということだった。

亮介は帰宅して兄の寛一郎に相談した。あと一人の弓矢の遣い手を思いつかないのだ。

「ならば、俺に行かせてくれぬか」

兄の言葉に亮介は驚いた。

「兄上、身体は大丈夫なのですか」

「このところ調子が良く、外も杖なしで歩けるようになった。しかし病み上がり故、役に立たぬであろう。竜二の様には弓は引けぬが、どうしても見てみたいのだ、狼狩りというものを。行かせてくれぬか。決行の日まで稽古してみる」

元より寛一郎の弓矢の腕前は、亮介よりはるかに上であり、病み上がりではあるが、いざという時には頼りになると思えた。何より側にいてもらえれば心強い。

「では兄上、お願いいたします」


猟の決行日はやはり満月の日を選んだ。早朝より村方から来た人足たちが権蔵の指示のもと穴を掘った。人が落ちても上がれないほど深く、傾斜の急な穴ができ上がったのは日が傾いた頃であった。穴の入り口は一畳ほどで、そこに細い竹で組んだ蓋を被せ、その上に用意していた枯草を敷いて薄く土を掛けた。枯草は周辺の道にも撒いた。最後に喜助の獲った小ぶりの猪二匹を丸ごと穴の両側に道に沿って横倒しにした。

人足らが去った後、それぞれの布陣に着いた。穴から一番近い場所にタテを持つ権蔵、少し離れて弓矢を持つ寛一郎、道の反対側には、槍を提げた亮介と弓矢を持つ竜二、計四人である。装束は黒にした。中川は怪我人が出た時のために少し離れた場所で龕灯を提げて控えてもらった。

旬季は八月（新暦九月）の中旬、まだ残っている夏草の陰で亮介は手槍をしっかり握りしめて地面に這いつくばった。やがて夕闇が迫ってきた。この暗さに目を慣らさなければならない。今日は龕灯は使わないことにした。亮介は穴の周辺を注視したが、道には獣の姿はなかった。さらに闇が濃くなった。月が出るまでの間に奴らが現れた場合、果たして太刀打ちできるものか、そう考えるうちに山の稜線から月が上り、月影がぼんやりと道を照らし始めた。中秋の名月である。

これなら見える、と思ったときに獣の影が現れた。亮介は息をのんだ。狸ではない。狼の群、先頭を歩くのは明らかに大きい。

――黒絞りだ。

餌の前で何か躊躇する様子を見せて周りを警戒している。餌の向こう側を見た。何かいつもと違うことに気付いた様子で小さな声で鳴いた。群の仲間に危険を知らせているのか。餌をくわえて引きずり、穴から離れた安全な場所へ移動させようとし始めた。その時、一匹の子狼が、穴の向こうのもう一つの餌に気づいてそちらに行こうとした。気づいた黒絞りは、声で制したが、好奇心旺盛な子狼はひょこひょこと歩き出した。やがてどさっと蓋が落ちる音がして、子狼の悲鳴が鳴り響いた。四人の男たちは手に汗を握ったが、まだ動いてはならない。黒絞りの動きを注視するのだ。狼の群れは動転していた。穴を覗き込んだもう一匹の子狼も転落し、さらに大きな悲鳴が上がった。黒絞りが穴の中を覗いて構えを見せた。飛び込む気だ。

　黒絞りの姿が消えたその刹那、権蔵がタテを手に飛び掛かるように穴に向かい、穴底に向かってタテを振り上げた。

　それを見ていた三人の男たちの目に、信じられない光景が映った。タテを振り上げた権蔵に穴から駆け上がってきた黒絞りが襲い掛かったのだ。

最初に権蔵の足に嚙みつき、それを支えに前足で穴からはい出した。踏ん張る左足に嚙みつかれた権蔵はよろけてタテを振り下ろせない。さらに黒絞りは、権蔵の上半身に襲い掛かろうとした。

　権蔵は、タテを捨て、黒絞りの首をむんずと摑んだ。狼と人が一体になり揉み合いながら斜面を転がった。

　――いかん、権蔵がやられる。

　亮介は飛び跳ねるように立った。寛一郎と竜二も弓を構えた。

黒絞りと権蔵の動きが止まったとき、竜二の放った矢が、黒絞りの後ろ脚の付け根に刺さり、鈴を鳴らした。黒絞りは、小さな声を上げ、権蔵から離れた。亮介が手槍を提げて鈴の音を頼りに後を追った。黒絞りはさすがに速くは走れない。やがてよたよたとした動きになり、獣の荒い息遣いが聞こえた。

亮介は月明りの中、自分を鼓舞するために声を上げた。

「黒絞り、いざ尋常に勝負せよ」

その声で黒絞りは、脚を止め、亮介の方にくるりと向き直った。耳まで裂けた口から牙を見せ、威嚇の形相凄まじく、低い声で唸った。

その眼に濁りはない。自分こそがこの山の王者であるという威厳を感じさせた。果たしてこの獣を斬ってよいものか、一瞬の躊躇いの気持ちを、亮介は振り払った。

――それでも戦うのだ。それが自分の命運。

黒絞りは低い姿勢となり、明らかに襲い掛かる気である。後脚の矢は刺さったままだ。手負いの狼は、普段より狂暴になる。亮介はたじろぎながらも、右足を後ろに下げ、槍を構えた。

槍道の基本は、足さばき、充実した気勢、そこから生まれる正しい刃筋。相手が狼でも変わりはしない。

――いつでも来い。

そう思い、気勢を整えた時、相手は思いもよらぬ動きをした。正面から亮介を見ながら亮介の右わきへ低く跳んだのだ。

――右から来る気か。刃筋を外された。

右手の方から襲い掛かる黒い影が見えたと同時に、亮介は右に向き直りながら槍を払った。手ごたえはない。黒絞りは槍を避け、後方へと一旦走り去った。

そこに竜二が龕灯を持ってきた。

「追いかけましょう。鈴の音がまだ聞こえまする」

二人は、鈴の音を頼りに追いかけたが、もとより人が通れるような道を逃げるはずはなく、やがて鈴の音が聞こえなくなった。

亮介はそのあたりに妙な道を見つけた。

「このような道は、父の地図にもなかったと思うが黒絞りはこの道を逃げたのか」

二人は、途中までその道を進んだ。

竜二が言った。

「この道、このまま続けば領地外へ抜けることができるようですな」

「とりあえず、皆の所へ戻ろう。無念だが黒絞りは逃がしてしまった」

ヒラ落としの場所に戻ると三人が待っていた。

亮介が皆に言った。

「黒絞りは取り逃がしました。権蔵殿、怪我は大丈夫か」

亮介の言葉に権蔵は下向き加減に頷いた。

「大事はねえ。しかしな、あんとき、奴はおらば殺せたのだ。揉み合った時、おらの喉さ噛みつけたはずだ。しかし噛まなかった。その昔、喉の骨ば取ってやったおらのことを覚えてて、躊躇(ちゅうちょ)したんだ。おらにはわがった」

寛一郎が聞いた。

「奴には、竜二の放った矢が刺さっている。このまま生きられると思うか」

権蔵はかぶりを振った。

「いや、あのままでは長くは生きられんべ。自分からあだまを外れるかもしれんな」

皆が黙った。

「子狼らは逃がしてやるべ」

誰も文句をいう者はいなかった。

「それとな、前も言ったが黒絞りは賢い奴だべ。人を襲ったりはせんよ。狼にやられたと言われてる子供の件は、人の仕業(しわざ)だべ。おらは見た。牧の野守(のもり)らが子供の亡骸(なきがら)を山に捨てるのを。その後の死肉を漁ったのは狼かテンかは知らぬが」

亮介が叫んだ。

「何だと！」

皆は顔を見合わせた。

三

その日、亮介が登城すると城門で若い男に声を掛けられた。

「岩泉亮介殿とお見受けする。目付の沢口様が貴殿に内々にお話があるとのことで、ご案内いたす」

亮介は急なことで驚いたが、目付の沢口というのは、牛馬掛目付ではない。大目付直属の目付で確か三年前の父の一件の裁定を下した者と記憶があった。行くよりない。

城の奥まったところに目付の評定所があった。その一室に通された。驚いたことにそこにもう一人の男が既に座っていた。父の朋友、幸江と美咲の父、戸村与兵衛である。お互い驚いた顔を向けた。前もって打ち合わせをしないように別々に呼ばれたのであろう。二人は離れて座らされた。

待つうちに上座に沢口が現れて二人を見た。横に書記の男が控えた。

「目付評議役の沢口郁之丞と申す。今日お二人を呼び出したのは、湊町で何者かに殺害された松岡武吉の一件についてである」

――その事だけなのか。

と、亮介は小さく首を傾げた。

「ご存じの通り、拙者は三年前の岩泉源之進殿が崖から転落された一件において裁定を下した者である。あの裁定では、目撃者である石橋弥五郎の証言通り、狼との遭遇にて転落したと見なしたものの、実のところ釈然とはしていなかった。そして三年後の先月、松岡殿が殺害された。松岡殿は亡き岩泉殿とは昵懇の間柄、転落した岩泉殿を最初に見つけたのも松岡殿である。さらにこちらの調べでは松岡殿は殺される前、頻繁に岩泉の家を訪れている」

亮介は驚いたが、顔色を変えぬようにした。

沢口が、まじまじと亮介を見た。

「岩泉殿、何があったか教えてくれぬか」

戸村を見れば、やや顔色が白くなっていた。

沢口は二人を交互に見た。

「では、拙者の推察を申し上げる。石橋は、何らかの理由で岩泉殿を殺害した。さらにそれに疑いを持ち何かの証を握っている松岡殿も殺害した。そしてそれには野馬別当の中里が絡んでいる」

戸村と亮介はお互いの顔を見た。顔に出さないようにしようとしても、ここまで調べが進んでいるとは驚きを隠せなかった。

二人は小さく頷き合うと、亮介がこれまでのこと、馬糞の件、北の牧で狼害のある日の周期性、湊の満潮時刻との関係などを語りだした。

「……というわけで、我々は、石橋を含む野馬別当一味の正蔵の船を使った密馬を疑っておりますが、その道筋、日付けの周期の理由は分かっておりません。されども、父が殺されたとしたら、山の地図を作っていた父がこの密馬の件を偶然に知ったためかと」

沢口は、聞くほどに顔色が変わった。

「さらに」

「まだあるのか」

「村の子供が狼に襲われた件、野守らが死んだ子を山に捨てたと証言する猟師がおりまする。おそらくその子らは密馬のことを知ってしまったのでは」

沢口は、目を見開いた。

「よ、よくぞそこまで探っていただいた。密馬とは我々も考えが及ばなかった。ここ三年、狼害は多いと聞いていた。それに紛れて馬籍を抹消していたとは。またそれらの証となる物がないことも分かったが、ということは、その犯行の現場を押さえるしかないのだな。それは目付の仕事だ」

亮介が興奮気味に言った。

「それでは、我々の詮索をもとに目付で動いていただけるのですな」

沢口は大きく頷いた。

「動こう、次に北の牧で狼害の報告のある日になる。八月の二十八日か九月の十四日。ここで拙者に話したこと、くれぐれも他言はせぬようにな。我々も極秘に動かなければならない。それと今後も助力をお願いすることになるかもしれぬ。岩泉殿、貴殿はこの夏、狼狩りで功を成されたと聞いた。しかし狼は山にだけいるものではない。藩内の狼狩りを拙者と一緒に成さぬか」

亮介は頭を下げた。

「無論にございます」

沢口が頷いた。

「もしそちらから、拙者に伝えたいことがあれば、この稲垣を呼び出せばよい」

横で書記をしていた部下の者が、言った。

「稲垣彦七郎と申します。以後よろしくお願いいたす」


その日の夜、岩泉の家に戸村、中川が来て、四人が会した。

戸村が、寛一郎と中川に城で目付と会したことを告げた。

寛一郎は、驚くとともに安堵の表情になった。

「遂に、この一件の事、目付の扱いになったか」

戸村が中川に言った。

「先生、目付の沢口様の部下の稲垣殿という目付が、二十八日の日、南の牧の先生の詰所に控えるそうです。北の牧から狼害の連絡があれば、すぐに城に連絡に走るということになるので御頼み申す」

中川が頷いた。

「承知にござる。いよいよですな」

亮介が口を開いた。

「まだまだ安心できないこともあります。我々がここで寄り合っていたことを目付が知っていたように、中里一派も既に我々のことに勘づいているとみられます。戸村様も先生もしばらくは一人で暗い道を歩かないほうがよろしいかと」

戸村と中川が目を見合わせた。

「相分かった。気を付けよう」

亮介が皆を見た。

「もう間もなくです。父の無念を晴らす、その時まで頑張りましょうぞ」

四

石橋弥五郎は、野馬別当の中里にある場所へ呼び出されて、野路を歩いていた。旬季は中秋となってはいるが、まだ夏草が残る道を進めば、三年前のことが頭をよぎった。忘れもしない。あれは盛夏の頃であった。下城時に野守と見られる男に声を掛けられた。

「石橋様とお見受けいたします」

中間（ちゅうげん）のような身なりのその男を一瞥（いちべつ）した。

「拙者に何か用か」

「実は野間別当の中里様が、石橋様に是非お会いしたいと」

その日は、蒸し暑いかと思えば、風が吹き、雲行きが怪しくなっていた。一雨来るなと思いながら男について行くと、激しくにわか雨が降りだした。

連れていかれたその店の奥へ入ると、既に酒と肴（さかな）が並んでおり中里が待っていた。剣術ができるかどうかは分からないが、噂通り威圧感があり、﨟長（ろうた）けた風の大男だった。こいつが野馬別当の中里か。普段からこういう店を使うのであれば少禄（しょうろく）でも羽振りが良いという噂は本当のようだ。

その男は、

「石橋殿、貴殿を男とみて話がある」

と、切り出した。

石橋は、訝しげに中里を見た。

「既にご存じのことと思うが、わしは少禄の身、しかしながら多くの野守を従えておる。何かと金が要る。そこである小さな商売を始めている。そう悪いことでもない、藩に迷惑はかけぬ。が、武家は商売を禁じられておる故、人に知られては困る」

「某には用のない話と見受けるが」

中里は、口元を緩め、声を潜（ひそ）めた。

「その商売にちと邪魔な者がおってな。困っておるのだ……」

ろくな話でないことは分かった。

「それで拙者に何をしてほしいのだ」

中里が、手に持った杯を一口、舐めた時、外の雨音が一層激しくなった。

「その者を殺ってほしい」

――やはりそういうことか。

石橋はわざと平然とした顔をした。

「誰を斬るのだ」

「郡方の岩泉源之進という者だ」

石橋は、ぎくりとして中里の顔を見た。

「貴殿とは、剣術の同門だな。あまり仲は良くないと聞いた」

「仲が良くないわけではないが……」

岩泉は門下で幾つか年上、腕も立ち、自分と違って師範や若い者からの信頼も厚く、ことあるごとに妬ましく思える存在ではあった。

「斬る必要はない。町中で斬りあいなどしたら後が厄介だ」

「では、どうする」

「奴は郡廻りの御役で、山中を通る。よく廻っておるのは葛川村というところだが、貴殿も番方の御役でそこへ行くことがあると聞いた」

「よくそこまで知っているな」

「ならば貴殿は道を知っている。危ない場所もあるだろう。崖から突き落とせばどうだ」

「その後は、知らぬ存ぜぬを通すのか」

「いや、それよりもだな。助けるのだ」

「助けるだと」

中里はにやりと笑った。

「まずは、懐に入れているであろう書付を奪ってもらう。その後はさしずめ、岩泉が狼にでも出くわして驚いて崖から落ちたところをお主が見たということにし、近隣の者に知らせ、岩泉を運ぶ、しかしその時は既に息はない。その方が疑われずに済むのではないのか」

「……」

「もしうまくいけば……」

中里は懐から小判を二枚取り出した。

石橋は、思わずそこに目が行った。

「毎月、これぐらいの金は貴殿に渡すことができる。ただしこれを機にわしらの仕事の仲間に入ってくれたらということだが」

石橋はごくりと生唾を飲み込んだ。実のところは酒代にも困っていた。馬廻り組と家中では威張っているが、個々の家の内証は苦しいものがあった。ことに石橋の家は番方馬廻り組の中では、一番下の家禄である。

「殺る自信がないかの」

中里の言葉に、石橋は黙って横を向いた。

「わしが、調べたところ、岩泉は五十に近い歳ながら相当な腕前と聞く。殺れるとすれば貴殿ぐらいしかおらぬとみておる。ただし此度は刀傷をつけてはいかん」

岩泉を殺れる者は、家中を探せば何人もいるのは石橋には分かっていた。しかしこういう怪しげな話に乗ってきそうな者の中では、自分しかいない、と言っているのだ。

石橋はさらに黙って腕を組んだ。中里は続けた。

「しかし万が一と言うこともある。わしの手下の野守にも遣える者は二人ほどいる。その者を助っ人にする。ただし貴殿が危なくなった時にだけ手を出すことでどうだ」

一つ間違えば命がない。あるいは相手を崖から突き落とすことができたとしてもそのあとの収まりが中里の言うようにつくとも限らない。しかし自分もあと四、五年もすれば五十になる。若いころはきっと将来、立身を果たす何かがあるだろうと、真面目で誠実な男のふりまでして剣術に励んできた。しかしここまで何もなかった。この話は立身とはかけ離れているが、自分の腕が見込まれた仕事として最初で最後の面白い機会かもしれぬと思えた。

「考えさせてもらう」

そう言いながらも、ここまで聞いて断れば自分が殺られるだろうということは分かっていた。そのうちにやるしかないかという気になり、雨音を聞きながら中里の差し出す酒を飲んでいた。

山中でことを成した後は調べを受けたが、それまでの素行も悪くないと判断されたので自分は疑われることもなく、事態は中里の思惑通りになった。それからは、中里からいくばくかの報酬を受け取り続けたが、生活は投げやりなものになっていった。

そしてまた今年の六月、北の牧へ呼び出され、中里から二つ目の依頼を受けたのだった。

野馬役所へ着く頃には汗にまみれ、この日もまたにわか雨が降り出したので嫌な予感がした。

「何か大事な話かな」

石橋が汗を拭きながら聞くと中里は小さく頷いた。

「仕事の方はうまく行っておるが、唯一気になっていることがある。貴殿をつけている者がおるのではないかという話だ」

石橋は声を潜めた。

「それは聞いていたが、何か分かったのか」

「以前に貴殿の下城時につけている者がいないか野守に探らせたところ、それらしい男の顔を見たのだ」

「うむ、そのようだな」

「実は、それと同じ男が、昨夜遅くに、浜の船溜まりの様子を隠れるようにしてじっと見ていたらしい」

石橋は顔色を変えた。

「なに、本当か。昨晩とは仕事のあった晩ではないか」

「そうだ。それでその男が帰るところを野守が家までつけて、身元が分かった」

「誰だったのだ」

中里は、石橋を見た。

「郡方下役の松岡武吉と言う者だ。知っておるであろう」

石橋は少し顔をしかめた。

「ああ、あの男か。確か、岩泉とともに郡廻りをしていたな。崖下で倒れていた岩泉を最初に見つけた男だ」

中里は頷いた。

「さよう。その男だ。ちょうどわしらの仕事の夜に船溜まりを見ていたということは、たまたまではなかろう。正蔵の船がないことを確認していたに違いないのだ」

石橋はやりきれない顔をした。

「そうだな。目付の話では、あの男、岩泉がまだ息があるときに駆けつけたそうだ。しかし岩泉の最期（さいご）の言葉は何も聞かなかったと。それが非常に気になっておった」

中里はじっと石橋を見た。

「この男、ほうってはおけぬぞ。何かを知っておる。今夜ももう一度船溜まりを見に来るやもしれぬ。どうだ、斬ってくれぬか。相手があの男なら造作（ぞうさ）もないことであろう。九（ここの）つから九つ半あたり、漁師らも寝静まっておる刻限、都合が良いであろう」

「うむ、承知だ」

そしてその夜、いとも容易くことを成した。


そして今日、中里が呼び出した場所は、湊町のはずれで、人家のない裏道であった。

「こんな場所に呼び出して、何かあったのか」

石橋が、訝し気に尋ねると、中里は歩きながら言った。

「今日は、貴殿をある場所へ案内したい。ついてきてほしい。ところで松岡の件、奉行所は今のところ下手人に関して何の手掛かりもつかめんようだな」

「あの夜は万が一のことを考えて、湊へは町人の格好で出向いた。短刀一つ持ってな。あの男なら一突きするのは、造作もないことだ」

中里は、やや顔を曇らせた。

「それがまた、ちと厄介な話もあってな」

「何だ」

「いや、その話は後にして、今日は、貴殿に見せたいものがある」

「どこへ行くのだ」

「貴殿には、まだ見せていなかったが、馬を運ぶ道筋だ」

石橋は、緊張した。あの正蔵の屋形船で月に一度、密馬を運んでいるのは知っていたが、直接その仕事にはかかわっていなかった。中里の取り巻きの野守らの仕事である。したがって船に乗せる場所も見たことはない。あまり深くかかわりたくないという気もあった。

「俺が知ってどうする。仕事を手伝うのか」

中里は、小さくかぶりを振った。

「今まで隠していたわけではないが、今後のこともある。知っておいてほしいと思ってな」

二人は連れ立って岬(みさき)の山に向かう道を歩き出した。湊町から岬の方にはずれた道は人家もなく昼でも人通りは少ない。

「北の牧から馬を曳(ひ)いて夜間にこの道を通るのだ」

石橋が黙ってついて行くとやがて道は、岬の山の裾野(すその)の藪(やぶ)に近づいた。そこに中里の取り巻きの野守が二人待っていた。

「ひどい藪ではないか。岬の方へ出るにはこの山を越えるのであろう。どこから入るのだ」

石橋の言葉に中里がにやりと笑った。

「それが貴殿をここへ連れてきた目的でもある」

藪は広い範囲にわたって山を取り囲んでいる。石橋は、注意深く藪の周りを端から端まで見て歩いた。入り口らしいところは見つからなかった。木々の間には、棘のある低木がぎっしりと生えていて、人を寄せ付けない。

「分からぬ。このような藪、馬どころか、人が通れるようなところもないではないか。藪漕ぎしたような跡もない」

中里が満足げに頷いた。

「そうであろう。簡単に分かっては困る。こっちにあるのだ」

中里が歩く方へ石橋も付いて行った。

「このあたりだ」

その場所も、他と同じく棘のある低木がぎっしりと並んで奥まで続いていた。ただ石橋がよくよく見ると、低木の並び方がやや不自然な感じも受けた。

「ここが道なのか」

石橋が不思議そうに聞くと中里は口元を緩めた。

「この棘のある木だが、鉢に植わっておる植木なのだ」

石橋は驚いた眼を中里に向けた。

「植木だと、鉢など見えないではないか」

中里が野守らに指示すると、野守らは、手前の木の根元の土を払い、二人で土の中から鉢を持ち上げた。

「このように土に埋めてあるのだ」

石橋は目を見張った。

「な、なるほど」

野守らは、次々と鉢を取り出した。藪を通り抜ける一筋の道ができた。

「今日は馬は通らぬので、それでよいだろう。二筋の鉢を取り出せば、馬も通れる」

石橋は感心して道を眺めた。中里が先導した。

「では、参ろうか」

中里についてその道を進むと藪を抜け、なだらかな山道となった。しかしその道は藪が目隠しとなって、外からはまず見えないようになっていた。

「この道も我々で造ったのだ」

その道を登りきると、やがて、岬のある海岸が見渡せる場所に来た。

中里は、立ち止まって海を見た。

「良い景色であろう。しかし馬を運ぶ真夜中には何も見えぬがな。ここなら馬が鳴いたところで、湊町まではまず聞こえぬから心配はない」

そこからは下り道であった。

「しかし、真夜中にここを馬を曳いて通るのは難儀だな」

「先導する者に松明を持たせておる。その火は湊町の浜からは見えぬことは確かめた」

下り道を進むと、やがて波音がはっきりと聞こえた。海岸は岩礁で覆われた険しい地形である。やがて海岸に近づくと、石橋は再び目を見張った。

「こ、これは」

岩礁でできた小さな入り江が、巻き込むようにあり、内側に磯溜まりができている。その内側に桟橋が設けられていた。下り道はその桟橋につながっている。

中里が自慢気に石橋を見た。

「どうだ、この桟橋なら、沖の漁師からは見えぬであろう」

「しかし、こんなところに船が着けられるのか」

内側は、大きな磯溜まりにしか見えなかった。

「今は潮が引いておるが、満潮になれば、正蔵の船は着けられるのだ」

石橋は感心した。

「なるほど。考えたものだな」

「そして夜中の九つから九つ半までに満潮になる日は月に二度ほどある。この湊ではたいてい十四日か二十八日だ。二十八日は月明りがないのでその方が都合がよい。したがって二十八日をその日と決めているのだ。天気が悪く海が荒れている場合は次の月の十四日にする」

「うむ、それでこの桟橋、いつ作ったのだ」

「苦労したぞ。できたのが今から三年前、貴殿に会う少し前だ。それから密馬が始まった。黒絞りというよう分からん狼が出て、野馬の狼害が増えたお蔭もあり、家中の者もここらの漁師も未だに誰も気がつかぬ。唯一この道のことを勘づいたのが岩泉源之進だ。あの男、勝手に領内の山の地図を作っておったからな。すぐに目付に訴えなかったのが幸いであった。貴殿があの日、岩泉の懐から奪った書付、あれが目付の手に渡っていれば一巻の終わりじゃった」

「危ないところだったのだな。ところで、船に乗せた馬はどこに運ぶのだ」

「領地外にある隠れ湊だ。野守らが二人乗る。そこで、密馬の商人が待っておる。奴らはそこから船でまた別のところに馬を運ぶのだろうが、その先は知らぬ。その湊で馬を引渡して金を受けとったら仕事は終わりだ。正蔵は野守らをここまで運び、そのあといつも通り漁に行くように言いつけている」

「あの正蔵という漁師、大丈夫なのか。派手に金を使えばほかの漁師に勘付かれるぞ」

中里は苦笑いした。

「いや、一人者の気の小さい男で酒もあまり飲まぬ。ただほかの漁師に隠れてたまに岡場所へ行かぬと気が済まぬようで、その金が欲しいのだ。誰も分かりはせん」

「心配事はなにもないということか」

「いや」

中里は、口元をゆがめた。

「先ほど言いかけた件だが、厄介な奴がまた出てきた。先日、野守らが見たのだが、先ほどの藪を探っておったのだ」

「誰だ」

「岩泉の次男の亮介という男だ」

「おお、あの狼狩奉行のか」

「そうだ。ともに猟をしている足軽と二人、あの藪の周りを探って見ていた。この山に狼がおるわけはない。目的は狼ではないだろう。登り口を探っておったのではないか」

「厄介だな」

「それと、この前、貴殿が松岡の始末をつけた前の晩、松岡が湊の船溜まりにおり、たまたま顔を見た野守が後をつけ、家を突き止めたのだが、その日の朝、岩泉の家に出向いたようだ」

石橋の顔色が変わった。

「なんだと。松岡と岩泉の息子らは、通じていたということか」

「そう考えるのが妥当であろう」

大きな波が来て桟橋を打った。

中里が、石橋にぎろりと目を向けた。

「貴殿、これを聞いてどうする。わしは何も言わん」

石橋は、桟橋を凝視していた。

「岩泉亮介を斬ると言わせたいのだろうが、松岡とは違う。そう簡単ではない」

「知っておる。此度、狼狩奉行で名を馳せておるが、もとより父親譲りでたいそう腕が立つらしいな。それに貴殿より相当若い」

「たとえ首尾よくいったとしても、松岡が死んですぐに岩泉の息子となると目付も本気になるであろう。一番怪しいのはこの俺なのだからな。すぐに動くのは不味いだろう」

桟橋の潮溜まりには、幾分潮が満ちてきたようだった。

五

決行の日の前日となった。亮介は、家にいたが気持ちが高ぶって落ち着かない。明日の二十八日、どういう事態になるか。狼狩りの御役をすることで父の仇に追い迫ることができ、兄の病気も癒えた。天啓のようなものを感じざるを得ない。明日の捕り物は、御目付や奉行所に任せて何もしなくてよいはずであるが、それではすまない気がした。気持ちのざわつきを抑えるためには美咲に会ってみようと考え、湊町の藤岡屋に足を向けた。

店じまいの手前に行くのも気が引けたため、少し早めに飯屋のほうの入口へ向かうと、帰り支度の美咲が出てきた。

「あら、亮介様、今日はあいにく帰るところなのですよ。御食事ですか」

「いや、食事をしに来たのではない。美咲殿に、その、話したいことがあってな。ちょうどよい。家まで送っていこう」

「まあ、それは嬉しいですけれども、せっかく店に来ていただいたのに」

亮介は少し声を潜めた。

「いや、人には聞かれたくない話もあるので店の外の方が良いのだ。浜でどこか良いところはないかな」

「では、あそこの東屋では」

近くに漁師らが使っている東屋があった。午後遅くの今時分は誰もいない。二人はそこの床几に腰を掛けて海を見た。秋も深まり、ひんやりとした潮風が吹いていた。

「夏に、ここで貝掘りをしたな。今日あたりは夜中に潮が満ちてくるであろう」

「そうですね。ずいぶん前の様な気がします」

亮介は真顔で美咲を見た。

「戸村様より聞いているとは思うがこの一件、御目付預かりとなったのだ」

「父から聞きました。安心しました。これでもう怖い目に遭うことはないのですね」

亮介は曖昧に頷いた。

「そうなのであるが、明日が実はその捕り物の決行日になりそうなのだ。そこで力を借りることがあるかもしれぬので、ある場所で控えてくれと御目付に言われている」

「それで何をするのですか」

「分からぬ。捕り物に手を貸すようなことは無用で、控えておってくれればよいとのこと。しかし何か胸騒ぎがする。御目付が考えているように、そう簡単にはいかぬ気がするのだ。この一件に関しては、常に自分は巻き込まれる、そういう命運にある気がして」

美咲は海を見た。

「亮介様は大丈夫です。きっと岩泉のお父様が守ってくれます。そこに引きずり込んだのもお父様で、守ってくれるのもお父様に違いありません」

「そう思うのか」

「そう思います。ただ、明日一人で行かれるのですか」

「うむ、そのつもりだが」

「一人ではだめです。前に話してくださった足軽の竜二さんと一緒にいてほしいです」

「何故、そう思うのだ」

「あの方についてお話しになっている亮介様を見たときに感じました。そのお方は亮介様を守ってくれる方だと」

亮介は頷いた。

「美咲殿に言われて、俺も今、そう感じた。必ず連れて行く」

亮介は美咲の手を握ってしばらく海を見た。やはりここにきてよかった。亮介は気持ちが穏やかになるのを感じた。


同じ頃、石橋と中里は、再び岬の山へ足を向けていた。

「どこへ行くのだ」

石橋が問うた。

「ついてくればよい」

中里は、そう言ったまま黙って先を歩いた。

やがてすでに人は住んでいないと見える朽ち果てた二、三軒の家がある集落に着いた。岬の山の裾野の藪からほど近い。

「こんなところにあばら家があったのか」

石橋が言うと、中里は構わずその一軒に入った。土間に床几が置いてあり、そこに座った。古い家のかび臭いにおいが漂った。

「どれもあばら家だが、ここはかろうじて雨露が凌げる」

「何なのだ、ここは」

言いながら石橋も向かい合って床几に腰を下ろした。

中里が石橋を睨んだ。

「岩泉亮介を襲うつもりはあるのか」

「今、これ以上動くのは不味いと考え、様子を見ておる。しかし近いうちに相対することになるであろう。そんな気がする」

「それでは、間に合わぬかもしれぬ」

中里は落ち着いていた。

「この仕事を始めたときは、わしが正蔵の船に乗り、密馬の商人と取引した。そのうち、野守らでも大丈夫と考え、野守らに任せた。しかし桟橋までは行き、馬を船に乗せるまで見届けていた」

「今は、どうしている」

「半年前からこの隠れ家で待つことにした。よくよく考えてみれば、目付らがもし嗅ぎつけて、現場を押さえるとしたら、船に馬を乗せるところであろう。そうなれば、わしらがあの山を越えておれば、袋の鼠、どこにも逃げられん。そう考えてな。逃げるすべを考えた」

「逃げる？」

「この隠れ家からなら、岬の山の様子がおかしいのはすぐに分かる。目付らは藪を越えて岬に行こうとするであろう。ここであればそれに気づき、一人で逃げられると考え準備したのだ」

土間に長持が一つ置いてあり、中里はそれを見た。

「夜の闇に紛れて、山に入り、朝になるまでに領外に出るのだ。道筋も決めてある。そのための旅の用意がこの長持に入れてある。偽の通行手形もだ。わしは剣術はできんが、こういう物もある」

中里が長持の蓋を開けると背負子がふたつと龕灯が入っていた。そこから短筒を取り出した。

「若い頃、相当稽古はした」

石橋は太く息をついた。

「そこまで考えていたのだな。野守らは知らないのであろう。そのことを」

「わしがこの場所で待っているのは知っておるが、ここから逃げるつもりであることは知らぬ」

「では、何故俺にそれを言う」

中里は石橋の目を見た。

「そうなった場合、わしとともに逃げぬか」

石橋はややたじろいだ。

「何故、俺を誘うのだ」

「捕まれば、ともに死罪は免(まぬか)れぬであろう。逃げるのであればやはり一人より二人の方が心強い故な。貴殿は腕が立つ。領地外へ出たらどこかの街道で別れてもよい。路銀は十分あるので心配はいらん。すでにこのように荷物は二人分用意してある。この背負子を背負(せお)って逃げればよいのだ」

石橋は、ごくりと生唾(なまつば)を飲んだ。

「断る理由はなさそうだな」

「では決まりだ。そういたそう。次の仕事、天気がよければ明日の二十八日になるが、二人してここで待とう」

「ところで、目付は動いていると思うか」

中里はかぶりを振った。

「目付は密馬の件、何も気づいておらぬとみている。勘ぐっておるのはあの岩泉の身内だけだ。しかし今はそうだが、いつ何時目付と繋(つな)がるやもしれぬ。油断はならぬ、いつでも逃げられるようにしておかねばならない」

六

八月二十八日となった。

北の牧では、野馬役所の別当詰所に十二人の野守が集まる。この十二人は、野守の幹部であり、それぞれが手下の野守を従えている。つまりこの十二人が、中里の取り巻きであり、密馬の実行者となる。野守らの結束は非常に固く、三年間、一人も入れ替わりなくここでの機密は守られている。この詰所に入ることができる野守はこの十二人だけである。

中里が、野守らの前で言った。

「本日、二十八日は決行する」

中里が、天候を見て、密馬を決行するかどうかを決めるのだ。運ぶ馬はすでに決めている。あまり上馬ばかりであると疑われるため、それなりの高値で売れる馬を選んでいた。検視役の野守が偽の狼害検視書を作成し、馬の馬籍を記入する。狼害があった場合、すぐに馬医と牛馬掛目付に知らせなければならない。狼害があるのは、日が暮れてから、あるいは朝方が多い。したがって伝令役の野守は朝方か、宵の五つ（午後八時）頃に馬医の中川と役周りの目付に知らせに走る。真の狼害があった場合もたいてい馬は死んでいるため検視書を作成し、運ぶ。ひと月の間に偽の検視書と真の検視書が混じるのだ。これが中川らへの目くらましになっていた。

その日も、宵の五つに偽の検視書を持って伝令役の野守が中川のいる南の牧の野馬役所に走った。夜は馬に乗れない。その後、湊町まで出向いて正蔵にその夜の決行を知らせる。

北の牧から馬を曳いて岬の桟橋まで出るには、一刻半（三時間）ほどかかる。したがって宵の五つ半（午後九時）頃には牧を出なければならない。

「では、参るか」

中里が五、六人の野守を率いて馬とともに牧を出立した。

二十八日は新月に近くほぼ闇夜である。しかし一行はこの道に慣れており、小さな提灯ひとつで迷うこともない。人家のないところを通るので馬が鳴いても大事はない。秋の虫の鳴く声以外は静まり返った野路を一行は黙って進んだ。

同じころ、伝令役の野守が南の野馬役所の馬医の詰所に着いていた。目付の稲垣は、中川とは別の部屋で控えていた。詰所は、いつにない緊張感が漂っていたが、野守は何も気づかない。

「北の牧で狼害がありました。これが検視書でございます」

中川が検視書を二部受け取った。一部は翌朝、牛馬掛目付に手渡すことになっている。

伝令役の野守は、そのまま詰所を去った。これから湊の正蔵のところへ行かねばならない。

「来ましたか。いよいよですな」

隣室から稲垣が姿を現した。

「うむ、八月二十八日だ。間違いない」

中川が検視書を見せた。

「では、城へ急ぎ伝えまする」

「お願いした」

中里ら一行はやがて、潮の香りが漂う岬の山の裾野まで近づき、いったんそこで止まった。

中里が、一人の野守に言った。

「雄三、では、後は頼む」

と、雄三という野守に後を託して、隠れ家の方へ向かった。

ここからは、雄三が野守らを率い、もう一人の野守とともに船に乗り、行先で商人と取引をする役を仰せつかっている。

「承知仕りました」

藪では先に到着した野守らが道を作っていた。

野守らは、藪を抜け、いったんそこで馬を休ませ、水と餌を与えた。船で馬が興奮しないようにこの餌には鎮静効果のある薬草を入れていた。そして松明を灯してゆっくり岬の入り江への道に向かった。


隠れ家に着いた中里は、その場所に小さな灯りがともっていることに気づいた。

中を見れば、すでに石橋が待っていた。顔色がやや白い。中里に気づいた石橋は安堵の表情を浮かべた。

「どうもなかったか」

「いつも通りだ。何もない」

そう答えた中里だったが、今宵は何故か嫌な胸騒ぎがした。

窓から岬の山の様子はうかがえた。

一方、湊町の船溜まりでは、四つ半（午後十一時）となり、正蔵がひっそりと船を出していた。朝の早い漁師らはこの時分、皆寝静まっている。闇夜であるが、長年漁師をやっていれば、このあたりの潮の動きは分かるし、岬の向こうへ行くぐらいは、何ということはなかった。

三年前、岡場所での遊びを覚えてしまい、町方の金貸しの所へ足を運んでいた時、ひとりの男に声を掛けられた。

「金が欲しいなら良い仕事がある。月に一度だ。漁師をしながらできるぞ」

そんな仕事があるのかと、男について行くと中里の所へ連れて行かれた。船を改造して馬一疋を乗せられるように屋形を大きくせよと凄まれて、金を渡された。言うことを聞かなければ自分の身が危ないと思い、その通りにした。夜に馬を乗せて運べば、金はくれたので安心し、それ以来この稼業を続けている。密馬は重罪、見つかれば打ち首になるのは分かっている。しかし仕事をやめると言えば、野守らに亡き者にされるのも目に見えている。湊の船溜まりの近くで武家が一人殺められたことは、漁師らは皆知っていたが、それが中里らの仕業であることに勘づいていたのは正蔵だけであった。いずれにしてもこの先、短い命だ。ならば、岡場所の娼妓のことでも考えて、船を黙々と漕ぐより仕方がないのだ。

　岬を廻ると相手から分かるように船に灯をつけた。そして満潮の海で入り江に入り、桟橋に船をつけた。


　松明を持つ雄三を先頭に馬を曳いた野守らが、山を越え下り道にかかると正蔵の船の灯りが見えた。もうすぐである。

　野守らは馬の扱いに慣れている。波の音に怯える馬をなだめながら桟橋まで馬を曳いた。正蔵はいつものように桟橋に下りていたが、野守らも正蔵も海の様子がいつもと違うことに全く気がついていなかった。近くに別の船が忍び寄っているのだ。

「船に乗せるべ」

　正蔵がそう言った時、雄三は、松明の灯りで光る海の上にいつもと違う何かの影を見た。

「あれは、なんだ」

　その時、海の方から、明るい光が放たれて野守らの目をくらました。馬が驚いていないた。藩の海上方率いる四艘の藩船が既に入り江を取り囲んでいた。

野守らは、仰天（ぎょうてん）した。

「そこまでだ。動くな」

船の上から叫んだのは、目付の沢口であった。

雄三が叫んだ。

「目付の船だ！　逃げろ」

野守らは、馬や正蔵を顧（かえり）みず、元来た道を駆けあがった。

目付衆の乗り込んだ船は入り江に近づき、男らが、次々と正蔵の船に乗り込み、桟橋に下りた。

正蔵はその場に腰を抜かして動けなくなっていた。


一方、藪の方では隠れていた奉行所の与力を中心とした多勢の捕り方が、提灯に灯をつけ、「御用だ、御用だ」と叫びながら一斉に飛び出した。藪の道で番をしていた野守二人を取り押さえ、岬の山に入り込んだ。

目付、海上方、町奉行所が、総出でこの岬の山を囲んでこの大捕り物に結集したのだ。

隠れ家では、この様子を中里がいち早く見つけていた。

「どうやら様子がおかしい。逃げた方がよいな」

石橋は、この事態に動転した。

「いきなりか」

「落ち着け、この荷物の背負子を背負い、わしについてこい。山へ入れば連中は分からぬ」

中里と石橋は土間の灯りを消して、闇に紛れて山へ向かった。


目付衆は、正蔵を取り押さえ、次々と上陸して、野守らを追った。逃げる野守らは、反対から来る奉行所の提灯を見てその場で立ちすくんだ。海と藪に挟まれてまさに袋の鼠となってしまった。

「野馬別当の中里を捕まえよ」

沢口が叫んだ。しかし中里らしい大男はそこにはいなかった。

取り押さえられ、御縄になった野守らは、藪の道で番をしていた者を合わせて六名、藪の外へ出され、龕灯を照らされた。暴れる者はもはやいなかった。野守らは後ろ手に縛（しば）られ、その場にひざまずかされた。

「中里はどこだ」

沢口が叫んだ。

六人は下を向いていた。

与力が太刀を抜いて一人の男の顔の前に向けた。

「言わねばここで首を切り落とす」

男は観念した。もとより中里にそれほどの忠義はない。男は腕を上げて指をさした。

「いつもあのあばら家で、待っております」

捕り方は、その集落に向けて一斉に走り出した。

沢口も駆けつけたが、人影はなかった。

「既におらぬようだな。しかしこの土間は行灯の煙の匂いがする。つい先ほどまでここにいたようだ。探せ」

与力が部下に言った。

「番所をかためよ」

藩の領地外へ出るためには、番所を突破しなければならない。少人数では心もとない。

その時、一人の目付が沢口のもとに駆けつけた。

「石橋の家は、もぬけの殻でした」

「石橋も姿をくらましたか。ここから一緒に逃げたということもあるな」

この様子を藪の脇から見ていたのは、沢口の指示でこの場に控えていた亮介と許可を得て連れてきた竜二であった。

「竜二、逃げるとしたら山ではないかな」

「某もそう思います。もし自分が逃げるとするならば……」

二人は目を合わせた。

「最後に黒絞りを射止め損ねたあの場所に領外への抜け道があったな」

「そうです。あのような道は他にはない。またここからだと行き易いのでは」

亮介は頷いて、沢口の前に進み出た。

「沢口様、もし山中へ逃げたとしますと月もない闇夜故、追いかけるのは難しい。我々は狼狩りで夜の山には慣れております。某はほとんどの山道も頭に入っております。また領外への抜け道にも心当たりがあります故、某とこの竜二に追っ手を任せてもらえませせぬか」

沢口は亮介を見た。

「うむ、それは心強い。捕り手を後に付かす故、率いてくれるか」

「承知仕りました」

「しかし気をつけよ。目付で調べたところによれば、中里は若い頃、足軽らの調練に交(ま)じって、火縄銃を相当稽古したらしい。短筒をもっているかもしれぬ」

そこに稲垣が現れた。

「沢口様、野守らの証言では、岩泉源之進及び松岡武吉を殺害したのは、やはり石橋とのこと」

沢口の目が光り、亮介に向き直った。

「岩泉殿、もし相手が手向(てむ)かうようであれば、討っても構わぬ。逃げられるよりは討つ方がよい。もし領外へ逃げたとしても討ち手として追いかけて構わぬ。目付として許可する」

「承知……」

亮介は静かに答えた。

七

「竜二、参るぞ」

亮介は手槍を提げ、竜二はいつもの弓矢を携え山中に進んだ。

「しかし、あのような道があったとはな。奴らがここを出たのは、もう半刻（一時間）も前になるであろう。急がねばならぬ」

龕灯の灯を頼りに慎重に進んだ。それでも後に付く捕り手らは、山に慣れておらずさらに遅いため、付いて来られなくなっていた。

亮介は捕り手のひとりに言った。

「わしらは先に参る。この道を行けばよいが、迷いそうなところには、懐紙に小石をくるんで目印に置いておく故、それをたどってくれるか。暗い内が無理ならば、明け方になってからでもよい」

捕り手は承知し、二人は先に進んだ。

「竜二、奴ら、夜のうちに領地外へ出ると思うか、それとも山中に隠れ、夜を明かしてから明け方に出ると思うか」

「分かりませぬが、いずれにせよ我々は夜のうちにあの峠まで行かなくてはなりませぬ」

「そうだな、そこで足跡を確認できるか。もし逃げられていたら領外まで追いかけることはできるが、それは避けたいところだ」

その後二人は、黙々と夜道を進むと、水はけの悪そうな道に出た。亮介は地面に龕灯を照らした。

「竜二、見よ」

そこには明らかに新しいものとみられる足跡があった。よく見れば大きさが違う二つの足跡がある。

「どうやら二人でこの道を通ったのですな」

「間違いない。石橋も一緒にこの道を進んだのだ。あの抜け道を目指しているに違いない。急ごう」


同じころ中里と石橋も必死の思いで山を登っていた。

二人とも息が荒い。身体中に小さな怪我をしていたが、足をくじいていないのだけが幸いであった。石橋が中里に聞いた。

「その抜け道というのはあとどのくらいじゃ」

「四半刻（三十分）もかからぬうちに、着くであろう。しかし、間に合わぬ」

「何が間に合わぬというのだ」

中里は荒い息を継ぎながら答えた。

「龕灯の蠟燭の替えがもう無いのだ。この蠟燭が消えればそこから進めぬ」

「何だと」

蠟燭は短くなり、消えかかっていた。

「闇夜だ。このあたりで、夜が明けるのを待つしかあるまい」

「ここまで来て何ということだ」

二人は道から外れて、岩陰で身を潜めた。

中里が言った。

「捕り手の者らが、ここまで来ることはまずない。山へ入るとしたら夜が明けてからだ。その頃には領外へ抜けることができるであろう。ここでしばし休んで英気を養おう」

二人は背負子を下ろし、中から竹筒を出して水を飲んだ。やがて龕灯の灯が消えた。

石橋が聞いた。

「ところで、その抜け道は誰も知らぬ道なのか」

「知るはずがあるまい。わしが人足を雇って密かに作らせたのだ。人一人が通れるほどの目立たぬ道だ」

「野守らに作らせれば良いものを」

「馬鹿を言うな。野守らも知らぬ。一人で逃げる道故、野守らに知れれば、奴らが捕まったときにばれてしまうのでな。人足らは、そのような道を作るのがご法度であることも何もわかっていない。金さえ払えば働く。金の力は大きいものだ」

石橋は呆（あき）れた。

「よくそこまで用意したものだな」

二人が休んで四半刻ほどしたときだった。

石橋が声を上げた。

「灯りが見えるぞ。誰かが追いかけてきたのだ」

「声を上げるな。見届けようではないか」

二人は息を殺して暗闇のなか、さらに道からは見えぬ岩陰に身を隠すようにした。

龕灯を提げた二人の者が、走るように道を去っていった。石橋が小声でささやいた。

「二人だけだったな。姿は見えぬが捕り手ならもっと大勢であろう」

中里が太く息をついた。

「あの道は誰にも分からぬと先ほど言ったが、もし知っている者がいるとしたら猟師ぐらいであろう。猟師と言えば……」

「狼狩りの岩泉か。ならばもう一人は相棒の足軽だ」

「それ以外は考えられぬな、ここまで追ってくる奴は。わしら二人のことを親の仇と思うて追いかけてきたのだ」

「最後の最後までしつこい奴だ。どうするのだ」

「峠の領地の境で待つ気かもしれぬ。領地外までは行けぬであろう」

「厄介なことになったではないか」

「やむを得ぬ。朝方、日の出前の薄明かりの頃に忍び寄り、こちらから仕掛けるしかない。そのために短筒を持ってきたのだ」


一方、亮介と竜二は、二人に見られていることも知らず、以前に黒絞りを射損ねたヒラ落としの穴のあるあたりまで来ていた。

「もうすぐ抜け道に出るが、この沢のあたりは地面が濡れておるので、足跡が分かるはずだ」

亮介は、龕灯を照らして慎重に足跡を探した。

「見つからぬな」

亮介は、沢の水を手ですくって飲んだ。気が高ぶっているため、喉が渇いているのかどうかも分からない。

「では、先へ行きますか」

二人は以前に見つけた抜け道までたどり着いた。

亮介は龕灯を地面に照らしながらその道を慎重に歩いた。進むうちに、湿り気のあるところに出てきた。ところどころに水溜まりもある。二人は地面を凝視した。

「ないな。ここになければ、間違いなく通っていない」

竜二が頷いた。

「では、まだ領内におりますな」

「うむ、明け方、足許が見えるようになってから抜けるつもりでどこかで隠れているのであろう」

「では待ち伏せしますか」

「そうだな、急ぐ必要はなくなった。峠まで行ってみるか」

二人は峠まで進んだ。そこは少し開けた場所になっている。どこにも足跡は見当たらなかった。

「ここにおれば目立つ故、道から外れた場所に身を潜めようではないか」

二人は、草陰に身を隠し、夜が明けるのを待つことにした。

「沢口様の話では相手は、短筒をもっているかもしれませぬな」

「うむ、火縄銃は最初の一発だけだ。これを凌(しの)げばこっちのものだ。竜二の弓の方がよほど威力がある。少し離れたところで控えてくれるか。二人が現れたら、中里を狙(ねら)ってくれ」

「第一矢には、鈴をつけまする」

「うむ、狼狩りだな」

二人は離れた場所で朝を待つことにしたが、この一帯は周りより、道の方が高くなっており、矢を射る方向が、上向きになってしまい、やりにくいのは確かであった。

山に薄明かりが差して来た。中里と石橋は、背負子を担(かつ)ぎ、道へ出た。中里は短筒を手にしている。

「用心せよ。奴らはどこで待っておるやもしれぬ」

「その短筒、できれば足軽を撃ってもらいたい。あの弓矢は厄介だ。腕も立つようだ。飛び道具には飛び道具に限る」

「ではそうしよう。お主は岩泉の方を頼む」

二人は背中に冷たい汗を流しながら進んだ。どこから矢が放たれるか分からないのだ。まもなく峠に差し掛かろうとしていた。

竜二の場所から二人が見えた。やはり大男の中里が短筒を携えている。しかし竜二から見て中里は石橋に隠れる並びで歩いている。矢を放ちにくい。さらに仰角をつけなければならない。

竜二はそれでも中里を狙い矢を放った。

竜二の矢は、石橋をかすめて、中里の背負子に刺さった。

「はっ」

気づいた中里は、その場で身を低くして片膝を立て、矢の放たれた方に目を向け、狙う間もなく短筒を撃った。

亮介が見ると、弾は竜二の脇腹をかすめたようだが大事はないようであった。中里は、石橋にかまわず、そのまま領外に向けて走った。背負子に刺さった矢が鈴をならし、竜二がその後を追った。残された石橋の前に亮介が槍を提げて立ちはだかる。

「逃がしはせんぞ、石橋」

石橋は背負子を脇に放り投げ、太刀に手を掛けた。

「しつこい奴だ。しかしここで決着をつけてやる」

太刀を抜き放った。

亮介は右足を後ろに引き、槍を構えた。

「今日は残念ながら助太刀の者はおらぬようだが、父を襲った時は一人ではなかったのであろう」

槍は太刀と勝負すれば有利かと言えば必ずしもそうではない。刃長が太刀に比べて短い故、斬りかかられた時の防御は難しい。下手をすれば柄の千段巻の部分を叩き切られる。また懐に入られれば明らかに不利となる。亮介は十分心得ているため間合いを見て構えた。

「父の仇、覚悟せよ」

気持ちが高ぶってはならない。亮介は気勢を整え、正しい刃筋に至る相手との間合いを念頭に、足を動かした。


一方、中里は、道から外れて領外の木立の間を無茶苦茶に走った。下りの斜面である。しかし鈴の音が鳴る。竜二は、見失っても音を頼りに追いかけた。そして木々がまばらとなった場所に出た時、ほとんど走りながら一矢を放った。その矢は中里の尻をかすめた。その時、竜二の視界から中里が消えた。竜二は立ち止まった。

「どこへ消えた」

亮介と石橋は、間合いを取ったまましばらく動かなかった。その時、銃声が聞こえた。中里がどこかで二発目を撃ったに違いない。嫌な予感がした。亮介がたじろいだその時、石橋が仕掛けて踏み込んできた。懐に入るつもりだ。亮介は下がりながら、太刀を払い、一気に胴をめがけて突いた。それをかろうじてかわした石橋は、なりふり構わず、右手で小太刀を抜き、「死ね！」と叫びながら亮介に向けて投じてきた。小太刀は亮介をかすめたが、亮介がよける拍子に槍の刃が上になった。その隙に石橋は懐に入って横ざまに斬ってきた。剣術の型もなにもあったものではない。やくざの斬りあいと同じだ。亮介は、とっさのこと、手元側の槍の柄で受けるよりなかった。柄の手元が斜めに切られた。削り取られるような様になった。この時、太刀の剣先は鈍いながらも亮介の腹に届いていた。

――うっ、斬られたか。

この体勢では、槍の刃は、頭の上にある。石橋に刃筋を向けるのは無理であった。亮介は、切られて鋭利になった槍の柄をそのまま石橋の胸に向けて力任せに突ききった。槍術の型とは全く違うが手ごたえは、存分にあった。

石橋は仰向けに倒れ、痙攣を起こしたが、胸から血が流れ出すとともに動かなくなった。亮介はそれをじっと見ていた。

――命の取り合いとはかくも苛烈なものなのか。

槍術の稽古で学んだ気勢や足さばきなど、何も役に立たなかったように思えた。小太刀を投げられた時、頭の中が真っ白になり、後は身体の動くままであった。

腹からは、血が滲んでいた。危ないところでからくも命を拾った。

亮介は腹を押えて、その場に腰を抜かしたように座り込んだ。

その時、斜面を登ってくる人の気配がした。

――竜二であってくれ。

そう願った亮介だったが、そこに姿を現したのはやはり竜二ではなかった。髭面の大男だ。倒れている石橋に一瞥をくれたあと、亮介の方を向いた。

「ふむ、親の仇は討ったようだな、岩泉亮介。しかしお主もここまでだ。足軽は始末した」

中里は短筒の銃口を亮介に向けた。亮介の槍は柄が石橋の身体に刺さったままである。亮介は座ったまま、太刀に手を当てた。しかし相手は、太刀のとても届かないところから亮介を狙っていた。

――撃たれても必ず死ぬとは限らぬ。ここから斬りに行ってやる。

亮介は覚悟を決めた。

中里がたるんだ頬を揺らして笑い、背中の背負子に刺さった矢の鈴が僅かに鳴った。

その時である。一陣の風が吹き、別の鈴の音が聞こえた。

二人は、ぎくりとしてその方向を見た。

亮介はわが目を疑った。現れたのは大きな狼だった。

——黒絞りだ。

後ろ脚の付け根には半月前の矢がまだ刺さっていた。明らかに痩せて衰弱しているようだった。しかしその姿は凛として人にひるむようなところは微塵もなかった。やがて、中里の方を向いて唸り声を上げだした。

黒絞りの威厳に圧倒された中里は、たじろいで後方に下がった。

「な、何だ、お前は。化け物か」

中里は銃口を黒絞りに向けたが、このような大きな狼とまともに対峙したことはない。腕が震えている。その威圧感に、やがてわっと声を上げて黒絞りに背を向けて逃げ出した。

黒絞りは、後を追い、中里の尻に噛みついた。中里は夢中で短筒を発砲したが、そのような状態で当たるはずもない。道の崖側の方に追い込まれた中里はあっと声を上げて姿を消した。

亮介の所から見れば、崖から落ちたようだった。黒絞りが下を覗き込むようにしている。

亮介は出血で意識が朦朧としながらも黒絞りを見据えた。

「こちらへ来い、黒絞り」

亮介は自然と黒絞りに呼びかけていた。

その声に反応して黒絞りが亮介のほうに戻ってきた。黒絞りは、まるで人のような穏やかな顔をしていた。襲い掛かってくることはないと思えた。

「その矢を抜いてやる」

黒絞りは人の言葉を解するように亮介に尻を向けた。

亮介は、ゆっくりと矢を抜いた。

「すまぬことをした。御役目とは言え、お主の仲間を何匹も殺したのに、お主は俺を助けてくれたのか」

黒絞りは、じっと亮介を見た。亮介はその眼を見た時、何か相通じるものを感じ、自然と頷いていた。黒絞りは一声、犬のように鳴き亮介のもとから離れて行った。

その痩せてしまった後姿をしばらく眺めていた。そう長くは生きられないのだろう

と思えた。

一瞬、意識がなくなったが、竜二が肩を押さえて姿を現したその気配で気を取り戻した。

竜二は、屍となっている石橋を見た。

「岩泉様、親父様の仇、見事に討ち取られましたな。お怪我は」

「大事はないと思うが、このざまだ。お主こそ、撃たれたのか。その肩」

竜二は渋い顔をした。

「不覚にも肩を撃ち抜かれ、気を失いましたが、何とか歩けます」

「良かった。お互い命に別状はなさそうだ」

「して、中里は」

「黒絞りが現れて、奴に追われた中里はそこの崖から落ちたようだ」

「え、黒絞りが」

「うむ、奴に助けられたのだ」

亮介は、腹の傷を見せた。竜二は自分の腹に巻いていた晒を外して、互いに、傷に巻いた。

亮介は、晒を巻いたら何とか歩けたので、中里の落ちた場所に行った。見下ろした二人は仰天して顔を見合わせた。

狼の群れが、倒れた中里を襲っているのだ。その中心にいるのは、黒絞りよりは小さいが、若い立派な狼である。

「あれが、黒絞りの後の群の頭目か」

「黒絞りの息子かもしれませんな」

それは凄惨（せいさん）な光景であった。中里は、狼らにまだ抵抗していたが、腹は既に食い破られて、餌となっていた。

「権蔵は、黒絞りの群は人を襲わぬと言っていたが、狼も人を見るのか。中里は自分の悪事を全て（すべ）狼のせいにしていたのだからな」

やがて大勢の人の足音が聞こえてきた。

「捕り方が、やっと追いついたようだ」

終章

新たな道

それから一月が経ち、十月となった。すぐに初雪が来るであろう。目付と奉行所の密馬の一件にかかわる裁定は決着した。

野守らの証言その他の証拠から、以下の罪状が確定した。

中里賢蔵は、密馬の首謀者であり、三年間で三十疋を超える野馬を密売し、莫大な利益を得た。また岩泉源之進、松岡武吉の殺害を石橋弥五郎に指示した。さらに密馬の現場を見た村の子供を三年前に一人、今年も一人かどわかし、殺害し、狼害と見せかけた。罪状は死罪であるが、既に逃走中に狼害により死去。

石橋弥五郎は、岩泉源之進の殺害、松岡武吉の殺害に直接手を下した。罪状は死罪であるが、既に討ち手の岩泉亮介により討たれた。

中里の配下である野守十二名及び漁師正蔵は、中里の指示のもと密馬に深く加担してその実行を成した。全員死罪。

北の牧での狼害の検視も改められた。検視は野守が代行することは認めず、南の牧と同じく馬医と牛馬掛目付が行うとした。

殺害された松岡武吉は、この一件で功があったと認められ、松岡家の嫡男が出仕できる歳になるまで減じられるはずであった家禄は、そのままとされた。

亮介と竜二は、本件にて僅かに報奨金を受け取ったが、岩泉家としては、家禄が増えるようなことはなかった。

寛一郎の病は回復し、郡方の郷目付の役に復帰した。亮介は牛馬掛目付の強い要望でそのまま狼狩奉行を続けた。つまり一つの家で兄弟が別々に出仕することになった。

ただし、年内には、戸村与兵衛の娘美咲に婿入りすることが決まっていた。

十月下旬、城下に寒さが忍び寄る頃、亮介の戸村への婿入りの許可が下り、美咲との婚儀が執り行われることとなった。場所は、常であれば戸村家で行うのであるが、湊町の藤岡屋のたっての願いで、藤岡屋の二階で行われることになった。

来年の春にしては、という話もあったが、戸村が、早急な婚儀をと強く願ってこの日取りとなった。戸村は婚儀の後、亮介に家督を譲るという手続きもしていた。

婚儀は、習わしにより日が暮れてから行われた。親戚縁者が藤岡屋に集まり、三々九度の盃をかわし、そのあとは、皆で飲み食いし、二人を祝う。これを三日ほど行う

こともあったが、戸村の意向により一晩ですませた。その夜、二人は藤岡屋に泊まり、翌朝、戸村家へ向かう運びとなっていた。

祝言の騒ぎが一段落し、二階の部屋で二人になれた頃には、すっかり夜が更けていた。

二階の一番良い部屋に二人用の床が用意されていた。

美咲は白い寝着の姿で放心したように座っていた。

「婚儀というのは、たいそうなものですね」

「疲れたであろう」

亮介もいささか疲れていた。

「いえ、父上が今日一日だけにしてくれたので、良かったです」

「それにしても戸村様、いや義父上は、何故これほど、婚儀を急がれたのであろうか」

「私には、はっきりは言わないのですが、どうも上役から急かされている様子でしたよ」

亮介は首を傾げた。

「早く郷目付の御役に慣れさせたいとのご意向か。今の狼狩奉行の御役も替わるとも

何とも決まっていないのだが」

「理由はよいではないですか。このように早く一緒になれて私は嬉しいですわ。寒いですが、ちょっと窓の外を見てみたいです」

美咲は部屋の窓を開けた。美咲がかつて使っていた部屋と同じ東向きの窓で、海と岬が見えた。外の風は冷たいけれども若い二人には気持ちの良いぐらいであった。

「あら、きれいなお月さま」

「下弦の月が出たか。すっかり夜更けだな。ずいぶん前に思えるな、夏に二人でこの二階の窓から海を見ていた頃が。いろいろあったからの。美咲殿には、何度も助けられた思いだ」

「殿を付けずとも良いでしょう」

「まあよいではないか。そのうち変える」

「いろいろありましたね。ご武運もあり、今こうして御無事で何よりです」

亮介の腹の傷は、すっかり治っていた。

美咲が窓を閉めると、亮介は床に入った。

「本日よりは、戸村亮介か。寝るとするか」

美咲も横に並んだ。

「亮介様、以前に自分はこういう命運にある気がすると言われましたね」

「うむ、それがどうかしたか」

「これで収まる命運ではない気がするのです」

「これからも穏やかでない気がするのだな」

「されど私がついております。きっと大丈夫ですわ」

「しばしでよい、今は穏やかな日が欲しいものだがな」

美咲は自分から亮介にそっとすがりついた。二人の初めての床入りは思い出深い藤岡屋の二階となった。


しかし、やはり世の中は亮介をゆっくりは休ませてくれなかった。

早朝より義父の戸村が藤岡屋に迎えに来た。

「実は、色々あってな、婿殿を戸村家に迎えなければならないのだが、御城より二人で登城せよと矢の催促でな」

亮介は怪訝な顔を向けた。

「婚儀が終わったばかり、何の御用でしょうか」

「亮介殿には一旦、戸村の家に来てもらい、それから二人で登城いたそう」

あわただしく、美咲は駕籠に乗り、亮介はその横を歩いて戸村家へ入った。そこで、親族だけで改めて婚儀を執り行う運びであったが、それは夜でと、ひとまず戸村と亮介は登城した。

歩きながら、戸村が言った。

「わしもよく分からぬのだが、御用人の野中様が、お主をお呼びなのだ。戸村家に婿入りしたらすぐに連れてこいとのこと。野中様は、藩牧を取り仕切っておられるお方じゃ。我々が直に話をするようなお方ではないのだが」

亮介は首を傾げた。ますます分からない。

城へ入ると戸村の上役が待ち構えていて、御用人室に連れていかれた。藩主用人という役は、家老のような藩政全般を預かる執政役ではなく、藩主直属で、それぞれが特別な役を担っていた。野中は、二つの牧の野馬の管理全般に責任を持っていた。野馬別当や馬医の中川も野中の下であった。

恐縮しながら部屋に入ると、既に上座に野中が座っていた。いかにも育ちのよさそうな聡明な顔立ちの五十過ぎとみられる男であった。

二人は野中の前に座り、平伏した。

「戸村亮介および戸村与兵衛であるな」

「はっ」

「此度は、婿養子の婚儀の折、急な呼び立て、相すまぬ。拙者は藩牧を預かる野中左膳である。知っているように此度の野馬別当の失態、誠に遺憾なことであった。拙者の管理不行き届きの故、起こったことである。拙者は自ら減禄の御処分を殿に申し入れ、受け入れられた。二度とこのようなことはないようにと殿からお言葉を受け、引き続き御役を務めることとなった」

亮介は、何の話になるのかと胸の内で首を傾げた。

「此度大罪人となった中里だが、中里家はお家断絶、代々野馬別当の御役を任じられてきたのだが、このようになっては仕方がない。もともと野馬別当は、特殊な御役であってな、僅か三十石の少禄で、あれだけ多くの野守を従えておる。それ故、野守の給金の上前を撥ねたり、何らかの名目で商家からの金をとったり、藩士であっても藩から独立しているようなところもあって、それは黙認されてきた。しかしそれがそもそもの間違いであり、不正の温床となった。拙者は、これを一新したいと考え、新たな野馬別当を探してきたのじゃが、適任者がおらぬ。これはと思う者には固辞される。難しい御役であるからな」

野中が、亮介の顔を見た。

「単刀直入に申す。戸村亮介、野馬別当の御役、受けてくれぬか」

亮介は思いもよらぬ話に、呆気にとられ、戸村と顔を見合わせた。

「家督を継いだばかりで驚かれるのも無理はない。しかしそなたは、誰もが嫌がる困難な仕事を引き受け、成し遂げるのは並大抵ではない。狼狩奉行という役でそれを成した。家中の者なら誰もが知っておる。それも一人で成したわけではない。様々な者の力を借りて成した。また目付の沢口に聞いた。此度の不正の一件、解決を迎えるまで最も功を成したものは誰であるかと。沢口は即時答えたぞ、岩泉亮介であると。つまりそなたは、狼狩奉行として真の狼害を防いだだけでなく、偽の狼害である密馬を突き止め、牧の野馬を守ったのじゃ。それだけの者ならばきっとできると拙者は考えた」

亮介は顔を上げた。

「しかしながら、某は牧の管理には何の経験もない若輩者故、務まるとは思えませせぬ、また……」

「何だ」

「また、野守らは藩士ではなく、無頼な者も多いと聞きます。それらの者に睨みを利かし、手なずけるのは並大抵ではありません。某にはそんな、中里のような力があり

ませぬ」

亮介は本音を言った。

「拙者は、何も博徒の親分になれとは言っていない。いやむしろ、何も知らないからこそよいのだ。今までの野馬別当のやり方を真似することは無用である。無頼な野守、働かぬ野守がおれば解雇すればよい。藩士としてそなたの思う通りに、やりやすいように変えていけばよいのだ。拙者は力を貸すぞ。今までは中里に任せきりなところもあったが、そのやり方を改めるつもりだ」

「……」

「そなたは戸村家の家督を継いで今は郡方の郷目付役であるが、この件、郡奉行には話は通してある。拙者の下でこの御役、務めてくれぬか」

背中に汗が流れた。

——これも命運か。

もはや固辞することはできないと思えた。

戸村を見れば、小さく頷いた。

困難な命運であるが、そこに立てば、また誰かが手を貸してくれるような気がした。

そのとき美咲の声が聞こえた気がした。

「し、承知いたしました。ただし……」

「うむ、何か申したいことがあるか」

「はっ、この御役、一人ではできませぬ。足軽を一人つけていただきたい」

「足軽一人だと、それだけでよいのか。そんなことはなんでもないことだ。ははあ、そなたとともに狼狩りをしていた足軽であるな」

「はっ、講武所の役をしている竜二という者であります」

野中は破顔して頷いた。

「承知いたした。そのようにしよう。して狼狩奉行の方だが、牛馬掛目付がどうしてもそなたに務めてほしいと離さぬのだ。どちらも牧にかかわる御役、しばらくの間、兼務してくれるか」

これも受けるよりなかった。

「承知仕（つかまつ）りました」


帰り道、亮介は戸村に言った。

「義父上、義父上の御意向もあったと思いますが、勝手に御役を承諾（しょうだく）してしまい申し訳ありません」

「いや、あそこまで言われれば、受けるより仕方あるまい。話の途中で覚悟は決めた。すでに家督は譲っているのだ。強く求められる道であればそちらに進むよりないであろう。わしは嬉しい。婿があれだけ強く求められたのだからな」

日が暮れて、戸村の家では再び親族だけの婚儀が執り行われた。兄夫婦も来てくれた。親族ではないが同僚となる馬医の中川も来てくれた。亮介はこの婚儀は身内だけだと思えば気が休まった。御役替えの件はすでに皆に伝えられていた。

寛一郎が言った。

「此度のこと、全く驚いたが、新たな役を任じられるのは、めでたいことだ。それも誰もできない役だ。亮介ならできるに違いないと皆が心の内で思い、それが野中様に伝わったのだと俺は思う」

戸村も言った。

「わしも嬉しい。わしは隠居の身となった故、暇もある。何でも相談してくれ。一筋縄ではいかぬ御役であるが、家中に知り合いは仰山おるのでな。きっと助けてくれることもある」

中川は、終始笑顔だった。

「亮介殿が野馬別当とは、驚いたがこれ以上適任の者はない。某にとっては心強い。

馬医としてできる限りのことをいたす。ともに野馬を守ろうではないか」

亮介は頭を下げた。

「某一人の力は、たかが知れております。これからも様々な人の力を借りなければ前に進めぬと心しております」


夜が更け、客が帰ると、奥の間の部屋で美咲と二人になった。ここが若い夫婦の部屋となった。居間を挟んで玄関よりの部屋では戸村夫婦は、すっかり眠りについているようだが、亮介は寝つけるものではなかった。

「今日からこの家が自分の家なのだな。不思議な気がする」

美咲が笑った。

「私も不思議です。この家に亮介様と暮らすなんて。でもすぐに慣れますよ」

「それにしてもあわただしい。美咲殿の言った通りになったな。穏やかな日など一日もなさそうだ」

「求められたのでしょう。武家としてこれほど幸せなことはないと思いますよ」

「うむ、言う通りだな。これからも頼むぞ、力になってくれ」

夜更けとともに家の中まで寒さが忍び寄ってきた。美咲が窓を少し開け、二人が外

を見ると、ちらちらと白いものが見えた。

「初雪のようですね」

藩牧に再び夏が来た。南の牧の野馬役所で、亮介は、中川と書面を広げて打ち合わせていた。横には竜二が控えている。竜二は、亮介の強い推挙の元、足軽から士分となり、山中竜二と名乗っていた。亮介の右腕として野馬の管理には、なくてはならない有能な役人となっている。
そのとき、一人の組長の野守が馬で駆けつけた。
亮介は、もともと十二組あった野守の組から、新たな組長を選び出し、その者らに指示を出していた。働かぬ野守は次々と解雇した。この役は竜二が担っていたので、竜二は野守からは「鬼の竜二」と恐れられるようになっていた。一方で、無頼とみられる野守が実は皆から信頼されている場合もあり、亮介は野守らへの見方が徐々に変わっていった。
その野守が息を切らしながら言った。

「別当、北の牧で柵が壊れ、野馬が逃げ出したようです」

亮介は顔を上げた。

「なんだと、またか」

「それにまた揉めごとがありまして」

「何だ、喧嘩騒ぎか」

野守同士の揉めごとは日常茶飯事であった。

「では先生、この話は次の折にさせていただきます」

「分かった。別当は次々と忙しいことだな」

中川は格段に逞しくなった亮介を眩しそうに見た。

亮介は竜二とともに役所の外に出た。

「では竜二、参るぞ」

亮介の新たな道には、まだまだ多くの困難が待ち受けているようだったが、それを命運ととらえて臨めば、必ず道は開けるような気がしていた。

二人は馬に乗り、北の牧へと疾走した。


その二人を崖の上から一匹の老いた大狼が、見下ろしていた。

本書は第15回角川春樹小説賞受賞作品「奥州狼狩奉行始末」を、大幅に加筆・訂正いたしました。

著者略歴

東 圭一（あずま・けいいち）
1958年大阪市生まれ。神戸大学工学部卒業。2012年九州さが大衆文学賞大賞を受賞。2018年第10回角川春樹小説賞最終候補。2023年「奥州狼狩奉行始末」で第15回角川春樹小説賞を受賞。

Kadokawa Haruki Corporation

東 圭一

奥州狼狩奉行始末（おうしゅうおおかみがりぶぎょうしまつ）

*

2023年11月18日第一刷発行

発行者 角川春樹
発行所 株式会社 角川春樹事務所
〒102-0074 東京都千代田区九段南2-1-30 イタリア文化会館ビル
電話03-3263-5881（営業） 03-3263-5247（編集）
印刷・製本 中央精版印刷株式会社

ISBN978-4-7584-1452-4 C0093
http://www.kadokawaharuki.co.jp/

第16回 角川春樹小説賞

応募規定

選考委員

北方謙三　今野 敏　今村翔吾　角川春樹

主　催

角川春樹事務所

募集内容 **エンターテインメント全般**（ミステリー、時代小説、ホラー、ファンタジー、SF 他）

応募資格 **プロ、アマ問わず、未発表長篇に限る。**

賞 **賞金100万円**（他に単行本化の際に印税）**及び、記念品**

原稿規定 400字詰原稿用紙で300枚以上550枚以下。
応募原稿はワープロ原稿が望ましい。その場合、ワープロ原稿は必ず1行30字×20〜40行で作成し、A4判のマス目のない紙に縦書きで印字し、原稿には必ず、通し番号（ページ数）を入れて下さい。また、原稿の表紙に、タイトル、氏名（ペンネームの場合は本名も）、年齢、住所、電話番号、略歴、400字詰原稿用紙換算枚数を明記し、必ず800字〜1200字程度の梗概をつけて下さい。なお、応募作品は返却いたしませんので、必ずお手許にコピーを残して下さい。

締　切 **2023年11月17日（金） 当日消印有効**

発　表 **2024年6月上旬予定**（小社ホームページ、PR誌「ランティエ」他）

応募先 〒102-0074　東京都千代田区九段南2-1-30 イタリア文化会館ビル
角川春樹事務所「角川春樹小説賞」事務局

※ 受賞作品の出版化権、二次的使用権は角川春樹事務所に帰属し、作品は角川春樹事務所より刊行されます。映像化権（テレビ・映画・ビデオ・ゲーム等）は、契約時より5年間は角川春樹事務所に帰属します。
※ 選考に関する問い合わせには、一切応じられませんので、ご了承下さい。
※ 応募された方の個人情報は厳重に管理し、本賞以外の目的に利用することはありません。